KB153495

목민심서 저술 200주년 기념판

다시 읽는 목민심서

목민심서 저술 200주년 기념판

다시 읽는 목민심서

지은이 정약용　해석자 안문길

미래의서재

차례

제3장 봉공육조(奉公六條)

제4장 애민육조(愛民六條)

제5장 이전육조(吏典六條)

제6장 호전육조(戶典六條)

제7장 예전육조(禮典六條)

제8장 병전육조(兵典六條)

제9장 형전육조(刑典六條)

제10장 공전육조(工典六條)

제11장 진황육조(賑荒六條)

제12장 해관육조(解官六條)

자서 (自序)

昔 舜紹堯咨十有二牧 俾之牧民 文王立政 乃立司牧

석 순소요자십유이목 비지목민 문왕입정 내립사목

以爲牧夫 孟子之平陸 以芻牧 喩牧民 養民之謂牧者

이위목부 맹자지평륙 이추목 유목민 양민지위목자

聖賢之遺義也 聖賢之敎 原有二途 司徒敎萬民

성현지유의야 성현지교 원유이서 사도교만민

使各修身 太學敎國子 使各修身而治民 治民者 牧民也

사각수신 태학교국자 사각수신이치민 치민자 목민야

然則君子之學 修身爲半 其半牧民也

연즉군자지학 수신위반 기반목민야

聖遠言湮 其道寢晦 今之司牧者 唯征利是急而不知所以牧之

성원언인 기도침회 금지사목자 유정리시급이부지소이목지

於是 下民羸困 乃瘰乃瘯相顚連以實溝壑而爲牧者 方且鮮

어시 하민리곤 내비내족상전연이실구학이위목자 방차선

衣美食

의미식

以自肥 豈不悲哉

이자비 개불비재

吾先子 受知聖朝 監二縣守一郡 護一府牧一州 咸有成績
오선자 수지성조 감이현수일군 획일부목일주 함유성적

雖以鏞之不肖 從以學之 竊有聞焉 從而見之 竊有悟焉
수이용지부소 종이학지 절유문언 종이견지 절유오언

退而試之 竊有驗焉 旣而流落 無所用焉
퇴이시지 절유험언 기이유락 무소용언

窮居絶徼 十有八年 執五經四書 反復研究 講修己之學
궁거절요 십유팔년 집오경사서 반복연구 강수기지학

旣而日學學半 乃取二十三史 及吾東諸史 及子集諸書
기이일학학반 내취이십삼사 급오동제사 급자집제서

選古司牧牧民之遺迹 上下細釋 彙分類聚 以次成編 而南
선고사목목민지유적 상하세석 휘분유취 이차성편 이남

徼之地
요지지

田賦所出 吏奸胥猾 弊瘼芬興 所處旣卑 所聞頗詳
전부소출 이간서활 폐막분흥 소처기비 소문파상

因亦以類疏錄 用著膚見 共十有二篇 一日赴任二日律己
인역이류소록 용저부견 공십유이편 일일부임이일율기

三日奉公 四日愛民 次以六典 十一日賑荒 十二日解官
삼일봉공 사일애민 차이육전 십일일진황 십이일해관

十有二篇 各攝六條 共七十二條 或以數條合之 爲一卷

십유이편 각섭육조 공칠십이조 혹이수조합지 위일권

或以一條 分之爲數卷 通共四十八卷 以爲一部

혹이일조 분지위수권 통공사십팔권 이위일부

雖因時順俗 不能上合乎先王之憲章 然 於牧民之事條例具矣

수인시순곡 불능상합호선왕지헌장 연 어목민지사조례구의

高麗之季 始以五事考課守令 國朝因之後 增爲七事

고려지계 시이오사고과수령 국조인지후 증위칠사

所謂責其大指而已 然 牧之爲職 靡所不典 歷擧衆條

소과책기대지이기 연 목지위직 미소부전 역거중조

猶懼不職矧冀 其自考而自行哉

유구부직신기 기자고이자행재

是書也 首尾二篇之外 其十篇所列 尙爲六十 誠有良牲思

시서야 수미이편지외 기십편소열 상위육십 성유양생사

進其職

진기직

庶乎其不迷矣

서호기불미의

昔 傅琰 作理縣譜 劉彝 作法範 王素 有獨斷 張詠 有戒

석 부염 작리현보 유이 작법범 왕소 유독단 장영 유계

民集

민집

眞德秀 作政經 胡太初 作緖言 鄭漢奉 作宦澤篇
진덕수 작경영 호태초 작서언 정한봉 작환택편

皆所謂牧民之書也 今其書多不傳 唯淫辭奇句 覇行一世
개소위목민지서야 금기서다부전 유음사기구 패행일세

雖吾書
수오서

惡能傳矣 雖然 易日 多識前言往行 以畜其德 是固所以畜
오능전의 수연 역일 다식전언왕행 이축기덕 시고소이축

吾之
오지

當宁 二十一年辛巳 莫春
당저 이십일년신사 모춘

洌水 丁若鏞 序
열수 정약용 서

서문 (*自序)

예전 순임금은 요임금의 뒤를 이으면서 열두 제후에 일러 백성을 다스리도록 하였으며, 주문왕이 정치제도를 세워갈 때도 사목을 두고 수령으로 삼았으며, 맹자는 평륙에 갔을 때 소중히 가축 기르는 것을, 백성을 다스리는 것에 비유하였는데 이와 같은 것으로 미루어 볼 때 백성을 양육하는 일을 목(牧)이라 이른 것은 성현들이 베푼 뜻인 것이다.

성현의 가르침에는 두 가지 근원이 있다. 사도는 만민을 교육시켜 각자가 스스로 심신을 수양토록 하고, 태학에서는 스승이 될 만한 자들을 가르쳐 각자 수신케 하여 백성들을 다스리게 하였으니 이것이 곧 목민(牧民)의 길인 것이다. 그러므로 군자의 학문은 수신이 반이요, 그 나머지 반은 목민이다.

하지만 성현의 시대는 오랜 과거이며 그 말씀도 희미해지고, 그 도 또한 세월에 묻혀 오늘날 백성을 다스리는 자들은 자신의 이익과 영달에 급급할 뿐 백성을 다스리는 도리를 알지 못한다. 이런 까닭에 백성들은 곤궁해 시들고 병들어 줄지어 진구렁에 빠져 허덕이는 것이 현실임에도 수령된 자들은 화려한 옷과 맛있는 음식으로 자기만 살찌우고 있으니 이 어찌 슬픈 일이 아니겠는가?

나의 선친께서 성은에 힘입어 두 현의 현감, 한 군의 군수, 한 부의 도호부사, 한 주의 목사를 지내셨는데 거치시는 곳마다 두루두루 치적을 쌓으셨다. 비록 이 몸은 용렬하기 그지없으나 선친의 뒤를 따라다니며 배우고, 듣고, 보고, 마음에 담았는데. 그 후 벼슬길에 올라 실제에 펼쳐보니 그동안의 공부가 많은 도움이 되었다. 그러나 지금은 귀양살이하는 몸이라 이런 것들이 아무 소용이 없게 되어 버렸다.

궁벽하고 척박한 귀양살이 18년 동안 사서(四書)와 오경(五經)을 반복 연구하며 온몸으로 학문을 익히고 닦았으나 그간의 터득한 것은 학문의 반에 지나지 않는다.

이에 중국역사서 23사(史)와 우리나라 역사서, 문집, 서적들에서 수령이 백성을 다스린 자취를 따라 아래 위로 세밀히 고찰하여 이를 분류한 다음 차례로 편집하였다.

남쪽의 외진 고장은 전세를 부과하는 곳이나 나라의 힘이 미치지 못하므로 간악하고 교활한 아전들이 농간을 부려 이러저러한 폐단이 어지럽게 일어났는데 내 처지가 비천하여 민폐를 당하는 백성들과 가까웠으므로 그들의 고통을 상세히 듣고 느낄 수 있었다. 그러므로 체험한 것 그대로 분류하여 소견을 덧붙여 기록하였다.

이 책은 모두 12편으로 되어 있는데 1. 부임 2. 율기 3. 봉공 4. 애민 그다음 5~10은 육전, 11. 진황 12. 해관이다. 12편이 각 6조로 나뉘어 구성되었으므로 모두 72조가 된다. 혹 몇 조를 합하여 한 권을 만들기도 하고 혹 한 조를 나누어 여러 권을 만들기도 하였으니 통틀어 48권으로 한 부(部)의 저서가 되었다. 그 내용이 비록 시대를 좇고 *습속에 순응하여 위로 선왕의 법도에 부합될 수 없을는지 모른다. 그러나 백성을 다스리는 데 있어 조례를 갖추었다 함을 힘주어 말할 수 있겠다.

고려 말에는 수령이 갖고 지켜야 할 다섯 가지 직무를 주어 그 수행 능력을 평가하였고, 우리 조선에서도 그대로 이어오다가 일곱 가지 직무로 늘렸다. 그러나 이런 직무는 방향만 제시했을 뿐 수령의 능력에 따라 크고 깊을 수 있었다. 안타까운 것은 그 능력을 평가할 어떤 기준도 없으니 여러 조목을 열거해 드러내더라도 다하지 못할까 염려되는데 스스로 검토하여 실행하기를 바랄 수 있겠는가?

이 책은 첫머리와 끝부분을 제외한 나머지 10편에 열거한 것만 해도 60조가 되니 진실로 참되고 성실한 수령이 있어 책의 내용에 따라 그 직분에 진력한다면 어둠을 벗어난 희망의 세상이 될 것이다.

예전에 부염은 ≪이현보≫를 유이는 ≪법범≫을 지었으며 왕소에게는 ≪독단≫이 장영에게는 ≪계민집≫이 있고, 진덕수는 ≪경영≫ 호태초는 ≪서언≫을 짓고, 정한봉은 ≪환택편≫을 지었는데 이 모두가 이른바 목민에 관한 저서들이다. 오늘날 이런 책들은 거의 전해지지 않고 오직 음란한 말과 기이한 구절만이 세상에 떠도니 비록 힘을 기울여 쓴 내 책이긴 하나 어찌 쉽게 전할 수 있겠는가?

그러나 주역에 이르기를 '선인들의 말씀이나 남기고 간 행적들을 많이 본받아 스스로의 덕을 쌓는다' 하였으니, 이것이 진실로 내 덕을 쌓기 위함이지 목민에 국한된 일만이겠는가?

당저(순조) 21년 신사년 (1821년) 늦봄에

열수 정약용 씀

*자서 (自序): 저자가 자기가 서술, 편찬한 책머리에 쓰는 서문, 머리말.

*습속 (習俗): 습관이 된 풍속.

*심서(心書)라고 한 까닭은 목민할 마음은 있으나 몸소 실행할 수 없기 때문에 이렇게 이름한 것이다.

제1장
부임육조(赴任六條)

제1조 제배(除拜)_ 사령을 받음

他官 可求 牧民之官 不可求也

타관은 가구라도 목민지관만은 불가구야라.

除拜之初 財不可濫施也

제배지초에는 재불가남시야니라.

다른 벼슬은 다 구하더라도 목민의 벼슬은 구해서는 안 된다.

임명 초기에는 재물을 함부로 써서는 안 된다.

邸報 下送之初 其可省弊者 省之

저보를 하송지초에 기가생폐자는 생지니라.

新迎刷馬之錢 旣受公賜 又收民賦 是匿君之惠而掠民財

신영쇄마지전을 기수공사거늘 우수민부면 시익군지혜이략민재이니

不可爲也

불가위야니라.

통신문을 처음 내려 보낼 때 줄일 수 있는 폐단은 줄여야 한다.

부임 때 여비를 나랏돈으로 지급받고서도 다시 백성들에게 거

뒤들인다면 이는 임금의 은혜를 속이고 백성들의 재물을 약탈하는 행위이니 그렇게 해서는 안 된다.

*제배(除拜): 벼슬에 임명됨.

*목민지관(牧民之官): 지방에서 백성을 직접 다스리는 고을의 원이나 수령 등의 외적 문관을 통틀어 이르는 말.

*남시(濫施): 마구 나누어줌.

*저보(邸報): 서울에서 고을에 보내는 통지문.

*공사(公賜): 나라에서 내린 공금.

*쇄마(刷馬): 관원이 타도록 허가된 말.

제2조 치장(治裝)_부임 때의 행장

治裝 其衣服鞍馬 竝因其舊 不可新也 同行者不可多

치장은 **기의복안마**는 **병인기구**하고 **불가신야**라 **동행자불가다**니라.

衾枕袍繭之外 能載書一車 淸士之裝也

금침포견지외에 **능재서일거**라면 **청사지장야**니라.

부임 시 행장을 꾸릴 때 의복과 말의 안장은 쓰던 것을 그대로 쓰도록 하고 새 것을 마련해서는 안 된다.

또한 함께 가는 사람이 많아서도 안 된다.

이부자리와 도포 외에 책을 한 수레 싣고 간다면 청렴한 선비의 행장이라 하겠다.

*치장(治裝): 부임하기 위해 행장을 꾸림.

제3조 사조(辭朝)_ 하직 인사

旣署兩司　　乃辭朝

기서양사하고 내사조라.

歷辭公卿臺諫　宜自引才器不稱　　俸之厚薄 不可言也

역사공경대간에 의자인재기불청이나 봉지후박 불가언야라.

歷辭銓官　不可作感謝語　　新迎吏隷至　其接之也　宜莊和

역사전관에 불가작감사어니라. 신영이예지면 기접지야에 의장화

簡默

간묵이니라.

辭陛出門　慨然以酬民望　　報君恩　設于內心

사폐출문면 개연이수민망하고 보군은에 설우내심하라.

移官隣州　　便道赴任　　則無辭朝之禮

이관인주하여 편도부임에는 즉무사조지례라.

두 관청에서 조회가 끝나면 임금께 부임 인사를 드린다.

공경과 대간들에게 하직 인사를 드릴 때에는 재주와 그릇이 부족함을 말할 뿐 녹봉이 많고 적음을 말해서는 안 된다.

추천한 사람에게 하직 인사를 할 때 감사하다는 말을 해서는 안 된다.

부임을 축하하기 위해 아전이나 하인들이 오면 그들을 접대함에 정중하고, 온화하며 간결하고, 과묵하게 대해야 한다.

임금께 하직하고 대궐문을 나서면 분연히 백성들 소망에 부응하며 임금의 은혜에 보답할 것을 마음 깊이 다짐해야 한다.

가까운 고을로 관직을 옮겨 길을 떠날 때는 사조하는 예를 갖추지 않는다.

*양사(兩司): 조선시대 임금께 잘못을 간하고, 관리의 기강을 담당했던 사헌부(司憲府)와 사간원(司諫院).

*서경(署經): 임명된 관원의 신원을 조회하여 서명.

*역사(歷辭): 일일이 찾아뵈며 하직 인사를 함.

*공경대간(公卿臺諫): 나라의 높은 벼슬아치.

*전관(銓官): 추천하여 임명하는 지위에 있는 사람.

*이예(吏隷): 아전과 하인.

*사폐(辭陛): 임금 앞에서 하직함.

*사조(辭朝): 임금께 사은숙배함.

제4조 계행(啓行)_ 부임 행차

啓行在路　亦唯莊和簡默　似不能言者

계행재로에는 역유장화간묵하여 사불능언자니라.

道路所由　其有忌諱　舍正趨迂者　宜由正路　以破邪怪之設

도로소유에 기유기휘하여 사정추우자는 의유정로하여 이파사괴지설하라.

廨有鬼怪　吏告拘忌　宜竝勿拘　以鎭煽動之俗

해유귀괴하여 이고구기라도 의병물구하여 이진선동지속하라.

歷入官府　宜從先至者　熟講治理　不可諧謔竟夕

역입관부에서는 의종선지자하여 숙강치리이요 불가해학경석이니라.

부임하는 길에서는 정중하고, 온화하며 간결하고, 과묵하여 마치 말 못하는 사람처럼 보이도록 해야 한다.

지나는 길에 미신으로 꺼리는 일이 있어 큰길을 버리고 다른 길로 돌아가게 되면 큰길로 곧장 나가 요사스럽고 괴이한 소문을 타파해야 한다.

관청에 귀괴한 일이 벌어진다고 아전들이 기피할 것을 권하더라도 그에 구애받지 말고, 떠도는 습속을 진정시켜야 한다.

지나다가 들른 관부에서는 마땅히 선배 목민관의 다스리는 이치를 깊이 강구할 것이고, 쓸데없는 농담이나 웃음거리로 밤을 지새워서는 안 된다.

上官前一夕　宜宿隣縣
상관전일석은 **의숙인현**이니라.

부임 전 하루 저녁은 반드시 인근 고을에서 잠을 자도록 하라.

*계행(啓行): 부임지로 떠남.

*기휘(忌諱): 꺼리는 일.

*사정추우(舍正趨迂): 큰 길을 버리고 지름길로 돌아감.

*역입(歷入): 두루 둘러 찾아봄.

제5조 상관(上官)_ 부임

上官　不須擇日　雨則待晴　可也

상관에는 불수택일이니 우칙대청에 가야니라.

乃上官　受官屬參謁

내상관하고 수관속참알이니라.

參謁既退　穆然端坐　思所以出治之方　寬嚴簡密

참알기퇴면 목연단좌하여 사소이출치지방이니라. 관엄간밀하며

預定規模　唯適時宜　確然以自守

예정규모하되 유적시의요 확연이자수니라.

厥明　謁聖于鄕校　遂適社稷壇　奉審唯謹

궐명에 알성우향교하고 수적사직단하여 봉심유근이니라.

부임할 때에는 굳이 날을 택하지 말아라. 비가 오면 갤 때를 기다리는 것이 좋다.

부임하고 곧바로 관아에 속한 이들과 인사를 받는다.

인사하고 물러나면 의연히 단정하게 앉아 백성들에게 어떤 방법으로 치적을 베풀가를 뇌리에 담아야 한다. 너그럽고, 엄정하며 산뜻하고 치밀하게 미리 간직했던 규범대로 실행할 것이며 시대의 흐름과 때에 알맞도록 하되 신념을 가지고 굳게 추진해야 한다.

다음 날에는 향교에 나가 공자의 위패에 알현하고 사직단으로 가 보살피되 공손히 해야 한다.

*대청(待晴): 날씨 맑기를 기다림.

*참알(參謁): 상관을 찾아 뵘.

*사직단(社稷壇): 토신과 곡신에게 제사 지내는 곳. 사직하면 일 년에 한 번씩 제사를 지내니 왕업을 이어온 햇수가 된다. 신라는 천 년 사직 조선은 오백 년 사직.

제6조 이사(莅事)_ 집무를 시작함

厥明開坐　乃莅官事

궐명개좌하고 내리관사니라.

是日　發令於士民　詢瘼求言

시일에 발령어사민하여 순막구언하니라.

是日　有民訴之牀　其題批宜簡

시일에 유민소지장어든 기제비의간이니라.

是日　發令以數件事　與民約束　遂於外門之楔　特縣一鼓

시일에 발령이수건사하여 여민약속하고 수어외문지설에 특현일고라.

부임 다음 날 자리에서 일어나 곧 정사에 임한다.

이날에 선비와 백성들을 불러 병폐가 무엇인가를 들어본다.

이날에 백성의 고소장이 접수된다면 절차를 간단히 하라.

이날에 명을 내려 사건에 대한 여러 문제에 대해 백성들과 약속하고 관청 대문 기둥에 북 하나를 달아 놓아라.

官事有期　期之不信　民乃玩令　期不可不信也

관사유기니 기지불신이면 민내완령이니 기불가불신야라.

是日 作適曆小冊 開錄諸當之定限 以補遺忘
시일에 작적력소책하여 개록제당지정한하여 이보유망하라.

厥明日 召老吏 令募畫工 作本縣四境圖 揭之壁上
궐명일에 소노리하여 영모화공하고 작본현사경도하여 게지벽상하라.

印文 不可漫滅 花押 不可草率
인문은 불가만멸이요 화압은 불가초솔이니라.

是日 刻木印機顆 頒于諸鄕
시일에 각목인기과하여 반우제향하라.

관청의 일에는 기한이 있는데 이것이 제대로 지켜지지 않아 불신이 생기면 백성들이 법령을 가벼히 여기게 되니 반드시 기한을 지켜야 한다.

이날 책력에 맞춰 작은 책자를 만들고 계획된 일정을 기록하여 일에 차질이 없도록 한다.

다음 날 늙은 아전을 불러 화공을 모아 고을의 경내 지도를 그리게 해서 관아의 벽에 걸도록 한다.

도장의 글씨는 마멸돼서는 안 되고, 서명이 조잡해서도 안 된다.

이날 나무 인장 몇 개를 새겨 각 향소에 나누어 주어야 한다.

*군포(軍布): 군 복무 대신 내던 베.

*순막(詢瘼): 폐해를 물어봄.

*제비(題批): 판결문.

*등소(等訴): 여럿이 호소하는 글.

*방통력(旁通曆): 업무를 자세히 기록하는 달력.

*사경도(四境圖): 관할 지역의 지도.

*화압(花押): 도장 대신 자기만의 자형을 서명함. 요즈음의 싸인.

*기과(幾顆): 몇 개.

제2장
율기육조(律己六條)

興居有節　冠帶整飭　莅民以莊　古之道也
흥거유절하고 관대정칙하며 이민이장은 고지도야니라.

목민의 일상은 항상 절도가 있어야 하고, 관대를 단정히하며 백성들을 대면할 때는 위엄이 넘치도록 하는 것이 예부터 내려온 도이다.

公事有暇　必凝神靜慮　思量安民之策　至誠求善
공사유가면 필응신정려하고 사량안민지책하여 지성구선이니라.
毋多言　毋暴怒
무다언하며 무폭노하라.

공무 중 여가가 생길 때에는 정신을 집중하여 조용히 생각하며 백성을 편안한 생활로 이끌 생각을 하며 지극한 정성으로 참된 삶을 누리도록 노력한다. 말을 많이 하지 말고 느닷없이 성내지 말아야 한다.

御下以寬　民罔不順　故　公子曰 居上不寬
어하이관이면 민망불순이라. 고로 공자왈 거상불관하고

爲禮不敬　吾何以觀之　又曰 寬則得衆

위례불경하면 오하이관지니라. 우왈 관측득중이라.

아랫사람을 관대하게 거느리면 따르지 않는 백성이 없을 것이다. 그러므로 공자께서 말씀하시기를 '윗사람으로 너그럽지 않고, 예를 차림에 무례하다면 그에게서 무엇을 보겠는가? 또한 너그러우면 많은 사람을 얻는다' 하였다.

官府體貌　務在嚴肅　坐側不可有他人

관부체모는 무재엄숙이니 좌측불가유타인이니라.

君子不重則不威　爲民上者　不可不持重

군자부중즉불위니 위민상자는 불가불지중이니라.

관부의 체면을 세우기 위해서는 엄숙함에 힘써야 하므로 수령의 자리 옆에 다른 사람이 있어서는 안 된다.

군자가 무게가 없으면 위엄이 없으니, 백성의 윗사람으로서 몸가짐을 신중히 하지 않으면 안 된다.

斷酒絶色　屛去聲樂　齊速端嚴　如承大祭
단주절색하고 병거성악하며 제속단엄하고 여승대제하며
罔敢游豫　以荒以逸
망감유예하여 이황이일이니라.

술을 금하고, 여색을 멀리하며, 노랫소리를 물리치고, 공손하고 엄숙하기를 큰 제사를 지내는 것같이 생활하며, 유흥에 빠져 임무를 등한히 하며 시간을 헛되이 보내는 일은 없어야 한다.

燕遊般樂　匪民攸悅　莫如端居而不動也　治理旣成
연유반락은 비민유열이니 막여단거이부동야니라. 치리기성이요
衆心旣樂　風流賁飾　與民偕樂　亦前輩之盛事也
중심기락이면 풍류분식하여 여민해락도 역전배지성사야니라.
簡其騶率　溫其顏色　以詢以訪　則民無不悅矣
간기추졸하고 온기안색하며 이순이방이면 즉민무불열의니라.

한가히 놀면서 풍류로 시간을 보내는 것은 백성들이 좋아하지 않으니, 단정히 앉아서 움직이지 않는 것이 오히려 낫다.

다스림이 이미 이루어지고 백성의 마음에도 즐거움이 넘친다면 백성들이 좋아하는 잔치를 만들어 함께 즐기는 것도 선배들이 베푸는 성대한 나눔일 것이다. 따르는 사람에게 부담없이 대하고, 얼굴을 온화하게 하여 삶의 사정과 생활 형편을 묻는다면 즐거워하지 않는 사람이 없을 것이다.

政堂有讀書聲　斯可謂之淸士也

정당유독서성이면 사가위지청사야니라.

若夫哦詩賭棋　委政下吏者　大不可也

약부아시도기하여 위정하리자는 대불가야니라.

循例省事務　持大體　亦或一道　唯時淸俗淳

순례성사무하고 지대체도 역혹일도나 유시청속순하고

位高名重者　乃可爲也

위고명중자라야 내가위야라.

정당에서 글 읽는 소리가 들리면 이는 청렴한 선비라 할 수 있다.

만일 시나 읊조리고 바둑이나 두면서 나랏일을 아래 아전들에게 맡겨 두는 것은 크게 잘못된 일이다.

전례에 따라 일을 줄이고, 큰 줄거리를 유지하는 것도 역시 한 가지 방법이다. 그러나 그렇게 할 능력은 시대의 풍속에 투명하고, 순박하며 지위도 높고 명망이 두터운 사람만이 가질 수 있다.

*칙궁(飭躬): 자신의 몸가짐을 단정히 함.

*정칙(整飭): 단정하고, 가지런히 함.

*응신정려(凝神靜慮): 정신을 집중하고 고요히 생각함.

*거상불관(居上不寬): 윗자리에 있으면서 너그럽지 못함.

*관즉득중(寬則得衆): 너그러우면 대중의 신임을 얻는다.

*분식(賁飾): 꾸며 장식함.

*여민개락(與民皆樂): 백성과 함께 즐김.

*추졸(騶卒): 따르려는 사람들.

*아시(哦詩): 시부를 읊조림.

*시청속순(時淸俗淳): 시대의 풍속이 맑고 꾸밈이 없음.

제2조 청심(淸心)_ 깨끗한 마음가짐

廉者　牧之本務　萬善之源　諸德之根

염자는 목지본무이니 만선지원이요 제덕지근이니라.

不廉而能牧者　未之有也　廉者　天下之大賈也　故

불렴이능목자는 미지유야니 염자는 천하지대고야라 고로

大貪必廉　人之所以不廉者　其智短也

대탐필렴하니 인지소이불렴자는 기지단야라.

故　自古以來　凡智深之士　無不以廉爲訓　以貪爲戒

고로 자고이래로 범지탐지사는 무불이염위훈하며 이탐위계니라.

청렴은 수령의 덕목이며 본분으로 모든 선의 원천이요 모든 덕의 근원이다. 청렴하지 않고 수령 노릇을 할 자는 없다. 청렴은 세상을 크게 사들이거나 파는 것과 같다. 그러므로 세상과 장사를 하려면 청렴해야 한다. 사람이 청렴하지 못한 것은 지혜가 부족하기 때문이다. 그러므로 예부터 지혜가 깊은 선비는 청렴을 교훈으로 삼고 탐욕을 삼가하려 온 힘을 기울였다.

牧之不淸　民指爲盜　閭里所過　醜罵以騰　亦足羞也

목지불청이면 민지위도하여 여리소과에 추매이등이니 역족수야니라.

貨賂之行 誰不秘密 中夜所行 朝已昌矣
화뢰지행은 수불비밀이리오 중야소행도 조이창의니라.

饋遺之物 雖若微小 恩情旣結 私已行矣
궤유지물은 수약미소라도 은정기결이라 사이행의니라.

수령이 청렴하지 않으면 백성들은 그를 도적이라 손가락질을 하며 마을을 지날 때마다 더럽게 욕하는 소리가 넘쳐날 것이니 수치스러운 일이다.

뇌물을 주고받는 일은 누구든 비밀로 하려 하지만 깊은 밤에 행하였더라도 아침이면 드러나는 법이다. 선물로 보내온 것이 작거나 미약한 것이라도 은혜의 정이 맺어졌으니 사사로운 거래일 수밖에 없다.

所貴乎廉吏者 其所過山林泉石 悉被淸光 凡珍物産本
소귀호염리자는 기소과산림천석도 실피청광이니라. 범진물산본

邑者 必爲邑弊 不以一杖歸 斯可曰廉者也
읍자면 필위읍폐니 불이일장귀라야 사가왈염자야니라.

청렴한 관리를 귀하게 여기는 까닭은 그가 지나가는 산과 수림과 샘과 돌들, 자연의 모든 것들까지도 그로 인해 밝게 빛나기 때문이다. 무릇 그 고을에서 생산되는 진귀한 물건을 가져가는 것은 마땅히 그 고장에 피해를 입힐 것이니, 명아주 지팡이 하나라도 가지고 돌아가지 않아야 청렴한 관리라 할 수 있다.

若夫矯激之行　刻迫之政　不近人情　君子所黜　非所取
약부교격지행이나 각박지정은 불근인정이니 군자소출하고 비소취

也
야니라.

淸而不密　損而無實　亦不足稱也　凡買民物
청이불밀하고 손이무실이면 역부족칭야니라. 범매민물에

其官式太輕者　宜以時直取之
기관식태경자는 의이시치취지니라.

무릇 과격한 행동이나 모나고 몰인정한 정사는 인정에 맞지 않으므로 취할 바가 못 된다. 청렴하기는 하나 자상하고 꼼꼼하지 못하여 재물을 내놓되 실제에 효과가 없으면 칭찬할 일이 못 된다.

凡買民物　其官式太輕者　宜以時值取之
범매민물에 기관식태경자는 의이시치취지이라.

凡謬例之沿襲者　刻意矯革　或其難革者　我則勿犯
범유례지연습자는 각의교혁하고 혹기난혁자는 아즉물범하라.

凡布帛貿入者　宜有印帖
범포백무입자는 의유인첩이니라.

凡日用之簿　不宜注目　署尾如流
범일용지부는 불의주목이니 서미여류니라.

민간의 물건을 관에서 사들이려 할 때 관청에서 제시한 정가가 너무 헐하다면 시세의 가격에 맞춰 사들여야 한다. 무릇 전부터 내려오는 그릇된 관례는 그대로 답습하지 말고 과감히 고쳐야 한다. 혹시 고치기 어려운 것이라면 당사자는 범하지 말아야 한다. 포목과 비단을 사들일 때에는 관에서 인정하는 통장을 사용해야 한다. 날마다 사용하는 장부는 일일이 볼 것은 아니나 끝에 서명은 정확히 해야 한다.

牧之生朝　吏校諸廳　或進殷饌　不可受也
목지생조에 이교제청이 혹진은찬이라도 불가수야니라.

凡有所捨　毋聲言　毋德色毋以語人　毋說前人過失
범유소사라도 무성언하고 무덕색무이어인하며 무설전인과실이니라.

수령의 생일에 아전과 군교 및 관의 여러 부서에서 혹 성찬을 올리더라도 받아서는 안 된다. 받지 않고 오히려 베푸는 것이 있다 하더라도 은혜를 베푼다는 자랑하는 말이나 기색도 나타내지 말며, 남에게 말조차 하지 말아라. 또한 전임자가 생일을 맞아 어떤 잘못을 범했다 하더라도 그 허물을 말해서는 안 된다.

廉者寡恩　人則病之　躬自厚而薄責於人　斯可矣
염자과은이면 인즉병지니라. 궁자후이박책어인이면 사가의요

干囑不行焉　可謂廉矣
간촉불행언이면 가위렴의리라.

청백리는 은혜롭게 용서하는 일이 적어서 사람들은 이것을 병통으로 여긴다. 모든 책임을 자신에게 돌리고 남을 책하는 일이 적으면 된다. 청탁이 행해지지 않으면 청렴하다고 할 수 있다.

淸聲四達　令聞日彰　亦人世之至榮也
청성사달하여 영문일창도 역인세지지영야니라.

청렴하다는 명성이 사방으로 퍼져서 아름다운 소문이 날로 드러나면 이 역시 인생의 지극한 영화라 할 것이다.

*대고(大賈): 큰 장사.

*여리(閭里): 마을.

*추매(醜罵): 더러운 욕설과 매.

*화뢰(貨賂): 뇌물.

*궤유(饋遺): 선물로 보낸 물건.

*시치(時値): 시가(市價).

*교혁(矯革): 바로잡음.

*은찬(殷饌): 성대한 음식.

제3조 제가(齊家)_ 집안을 다스림

修身而後齊家　齊家而後治國　天下之通義也　欲治其邑者
수신이후제가하고 제가이후치국은 천하지통의야니 욕치기읍자는

先齊其家　國法　母之就養　則有公賜　父之就養
선제기가니라. 국법에 모지취양에는 즉유공사하고 부지취양에는

不會其費　意有在也　淸士赴官　不以家累自隨
불회기비로되 의유재야니라. 청사부관에 불이가루자수라하니

妻子之謂也
처자지위야니라.

昆弟相憶　以時往來　不可以久居也
곤제상억이면 이시왕래하나 불가이구거야니라.

賓從雖多　溫言留別　臧獲雖多　良順是選
빈종수다라도 온언유별하고 장획수다라도 양순시선이요

不可以牽纏也
불가이견전야니라.

자신을 닦은 뒤 집안을 다스리고, 집안을 다스린 뒤에 나라를 다스린다 함은 천하의 공통된 원칙이다. 고을을 다스리고자 하는 자는 우선 제 집부터 잘 다스려야 한다. 나라 법에 어머니를 모셔

서 봉양하면 나라에서 그 비용을 대어주지만, 아버지의 경우에는 그 비용을 회계해 주지 않는 것은 다 뜻이 있어서이다.

청렴한 선비가 수령으로 부임할 때 가족과 함께 가지 않는다 하였는데 이는 처자를 두고 하는 말이다. 형제간에 서로 생각이 날 때에는 시간을 내어 왕래하는 것은 좋으나 오래 머물러서는 안 된다. 손님이나 하인이 많다 하더라도 따뜻한 말로 작별하고, 하인과 종이 많다 하더라도 어질고 양순한 자를 고를 것이며, 사사로운 정에 끌려서는 안 된다.

內行下來之日　其治裝　宜十分儉約

내행하래지일은 기치장을 의십분검약이니라.

衣服之奢　衆之所忌　鬼之所嫉　折福之道也

의복지사는 중지소기요 귀지소질이니 절복지도야라.

飮食之侈　財之所靡　物之所殄　招災之術也

음식지치는 재지소미요 물지소진이며 초재지술야니라.

閨門不嚴　家道亂矣　在家猶然　況於官署乎

규문불엄이면 가도난의라 재가유연이거늘 황어관서호아?

立法申禁 宜如雷如霜
입법신금이 의여뢰여상이니라.

干謁不行 苞苴不入 斯可謂正家矣
간알불행하고 포저불입이라야 사가위정가의니라.

내행이 내려오는 날은 행장을 매우 검소하게 해야 한다. 의복이 사치스러운 것은 모든 사람이 싫어하고 귀신조차 질투하는 것이니 복을 물리치는 일이다.

음식을 요란스레 차리는 것은 재물을 소비하고 물자를 탕진하는 것이므로 재앙을 자초하는 일이다.

규문이 엄하지 않으면 집안의 법도가 문란해진다. 가정에 있어서도 이와 같은데 하물며 관서에 있어서야 말해 무엇하겠는가?

법을 세워 거듭 금하도록 하되 우레와 서리같이 엄하고 냉정해야 한다. 청탁이 이뤄지지 않고 뇌물이 들어오지 못하게 하면 이것이 집을 올바르게 세웠다고 할 수 있다.

貿販不問其價 役使不以其威 則閨門尊矣
무판불문기가하고 역사불이기위하면 즉규문존의니라.

房之有嬖　閨則嫉之　擧措一誤　聲聞四達
방지유폐하면 규즉질지요 거조일오면 성문사달이니라.

早絶邪慾　毋裨有悔　慈母有教　妻子守戒
조절사욕하여 무비유회하라 자모유교하고 처자수계면

斯之謂法家　而民法之矣
사지위법가하여 이민법지의니라.

물건을 살 때 가격을 따지지 말고, 위세로 사람을 부리지 않으면 규중이 존엄해 질 것이다.

집안에 애첩을 두면 부인이 질투할 것이며 행동이 한 번 잘못되면 소문이 사방에 퍼져 건잡을 수 없게 되니 사특한 욕정을 미리미리 끊어 후회가 없도록 해야 한다.

어머니의 가르침이 있고, 처자들이 규범을 따르면 법도 있는 가정이라 말할 것이며 백성들도 이를 본받을 것이다.

*취양(就養): 봉양을 가져옴.

*부관(赴官): 관직에 나감.

*가루(家累): 가족.

*곤제(昆弟): 형제.

*빈종(賓從): 손님이나 하인.

*장획(臧獲): 하인, 종.

*내행(內行): 부인의 행차.

*간알(干謁): 청탁.

*포저(苞苴): 뇌물.

*무판(貿販): 물건을 사고팜.

*폐규(嬖閨): 애첩.

제4조 병객(屛客)_ 사사로운 손님은 물리쳐라

凡官府 不宜有客 唯書記一人 兼察內事
범관부에 불의유객이니 유서기일인이 겸찰내사라.

凡邑人及隣邑之人 不可引接 大凡官府之中 宜肅肅淸淸
범읍인급인읍지인은 불가인접하며 대범관부지중은 의숙숙청청이요

親戚故舊 多居部內 宜申嚴約束 以絶疑謗 以保情好
친척고구가 다거부내면 의신엄약속하여 이절의방하고 이보정호니라.

관아에 손님을 두는 것은 좋지 않다. 오직 서기 한 사람만이 여러 관내의 일을 보살피도록 해야 한다. 사사로이 본 고을 사람들과 이웃 고을 사람을 만나서는 안 된다. 관아는 늘 엄숙하고 맑아야 한다. 친척이나 친구가 관내에 많이 살면 엄하게 약속하여 서로 의심하거나 비방하는 일이 없도록 해야 하며, 정과 믿음을 돈독히 하도록 힘써야 한다.

凡朝貴私書 以關節相託者 不可聽施 貧交窮族
범조귀사서라도 이관절상탁자는 불가청시니라. 빈교궁족이

自遠方來者 宜卽延接 厚遇以遣之
자원방래자는 의즉연접하여 후우이견지니라.

閽禁　不得不嚴
혼금은 부득불엄이니라.

조정의 고위 관리가 사신을 보내어 뇌물로 청탁하더라도 이를 들어주어서는 안 되며 가난한 친구나 친척이 먼 데서 찾아오면 즉시 맞이 하여 후하게 대접해 보내야 한다.

문단속은 매우 단단히 해야 한다.

*병객(屛客): 손님을 물리치다.

*조귀(朝貴): 조정의 귀한 신하.

*빈교(貧交): 가난할 때 사귄 친구.

*혼금(閽禁): 문단속.　* 閽 -대철문 혼.

제5조 절용(節用)_ 절약해서 씀

善爲牧者　必慈　欲慈者　必廉　欲廉者　必約

선위목자는 필자요 욕자자는 필렴이요 욕염자는 필약이니

節用者　牧之首務也　節者限制也　限以制之

절용자는 목지수무야니라. 절자한제야라. 한이제지에는

必有式焉　式也者　節用之本也

필유식언이니 식야자는 절용지본야니라.

수령 노릇을 잘하려면 반드시 인자해야 하고, 인자하려면 반드시 청렴해야 하며 청렴하고자 하면 필히 절약해야 하니 절약해 사용하는 본보기를 수령이 솔선해 보여야 한다. 절약이란 한계를 정하여 제한하는 것이다. 한계를 두어 제한함에도 법칙이 있으니 절약해 사용하는 근본을 말한다.

衣服飮食　以儉爲式　輕逾其式　斯用無節矣

의복음식은 이검위식하고 경유기식하면 사용무절의니라.

祭祀賓客　雖係私事　宜有恒式　殘小之邑　視式宜減

제사빈객은 수계사사나 의유항식이니 잔소지읍은 시식의감이니라.

凡內饋之物　咸定闕式　一月之用　咸以朔納

범내궤지물은 함정궐식하되 일월지용은 함이삭납하고

公賓之餼　亦先定厥式　先期辦物　以授禮吏
공빈지희는 역선정궐식하되 선기판물하여 이수예리하며

雖有贏餘　勿還追也
수유영여라도 물환추야니라.

의복과 음식은 검소하기를 법도와 양식을 따라야 하므로 조금이라도 이를 넘으면 지출에 절제가 없게 되는 것이다. 제사와 손님맞이는 사사로운 일일지라도 항상 법도와 양식에 따라야 하며 가난하고 작은 고을에서는 보다 줄여서 시행한다.

무릇 안채에 보내는 물품은 모두 법식을 정하되 그달에 사용할 것들은 모두 초하룻날 바치게 해야 한다. 공적인 손님을 접대함에도 법도와 양식을 정하고 기일 전에 물건을 마련하여 예리하게 보내주며 비록 남는 것이 생기더라도 찾지 말아야 한다.

凡吏奴所供　其無會計者　尤宜節用
범이노소공을 기무회계자는 우의절용이니라.

私用之節　夫人能之　公庫之節　民鮮能之
사용지절은 부인능지나 공고지절은 민선능지니라.

視公如私 斯賢牧也
시공여사라야 사현목야니라.

遞歸之日 必有記付 記付之數 宜豫備也
체귀지일에는 필유기부이니 기부지수를 의예비야니라.

아전과 노복들이 바치는 공물 중 회계가 없는 것이라 할지라도 이를 더욱 아껴서 써야 한다. 개인이 자신의 물건을 절약하는 것은 누구나 마음만 먹으면 할 수 있는 일이지만 나라의 창고를 절약하기는 쉽지 않다. 공물을 사물처럼 보아야 어진 수령이라 할 수 있다. 갈려서 관직을 떠나는 날에는 반드시 기재한 장부가 있어야 하니 기재할 액수를 미리 준비해야 한다.

天地生物 令人享用 能使一物無棄 斯可曰善用財也
천지생물하여 영인향용하니 능사일물무기면 사가왈선용재야니라.

천지가 만물을 낳아 사람으로 하여금 누려서 쓰게 하였으니 한 물건이라도 버림이 없이 사용해야 재물을 잘 쓴다고 할 수 있다.

*항식(恒式): 늘 갖추고 있는 법식.

*잔소(殘小): 가난하고 작음.

*삭납(朔納): 초하루에 들임.

*영여(嬴餘): 남음.

*체귀(遞歸): 벼슬이 바뀌어 돌아옴.

제6조 낙시(樂施)_ 은혜를 베풀어라

節而不散　親戚畔之　樂施者　樹德之本也

절이불산이면 친척반지니 낙시자는 수덕지본야니라.

貧交窮族　量力以周之　我廩有餘　方可施人　竊公貨

빈교궁족을 양력이주지니라. 아름유여면 방가시인이나 절공화하여

以周私人　非禮也　節其官俸　以還土民　散其家穡

이주사인은 비례야니라. 절기관봉하며 이환토민하고 산기가책을

以贍親戚　則無怨矣　謫徒之人　旅瑣因窮　憐而贍之

이첨친숙이면 즉무원의니라. 적도지인이 여쇄곤궁이면 연이섬지도

亦仁人之務也　干戈搶攘　流離寄寓　撫而存之

역인인지무야니라. 간과창양하여 유리기우는 무이존지면

斯義人之行也　權門勢家　不可以厚事也

사의인지행야니라. 권문세가를 불가이후사야니라.

절약만 하고 쓰지 않으면 친척도 멀어질 것이므로 베풀기를 낙으로 삼는 것이 덕을 쌓는 근본이다.

가난한 친구나 곤궁한 인척들은 힘을 기울여 돌보아 주어야 한다.

내 녹봉에 여유가 있어 남을 돕는 것은 좋은 일이지만 나라의 재물을 축내어 사사롭게 남을 돌보아 주는 것은 예가 아니다.

관에서 받는 녹봉을 절약해서 그곳 백성들에게 돌려 주고, 집의 전답에서 나는 수익으로 곤궁한 인척들을 돌보아 주면 원망이 없을 것이다.

귀양살이 하는 이가 객지에서 궁핍하게 지내면 불쌍히 여겨 도와 주는 것 역시 어진 사람이 할 일이다.

전쟁 때 난을 피해 떠돌아다니며 의지하려는 사람들을 불쌍히 여겨 어루만져 주는 것도 의로운 사람이 할 일이다.

권세 있는 집안을 후하게 섬겨서는 안 된다.

*약시용(樂施用): 베풀기를 좋아함.

*공화(公貨): 관청의 재물.

*가색(家穡): 집안 농사.

*적도(謫徒): 유배, 귀양살이.

*간과창양(干戈搶攘): 난으로 인해 어지러움. 干 : 방패 간 戈 : 창 과

*간과(干戈): 전쟁.

*기우(寄遇): 임시로 기대어 삶.

제3장
봉공육조(奉公六條)

제1조 선화(宣化)_ 교화를 널리 폄

郡守縣令　本所以承流宣化　　今唯監司　　謂有是責　非也
군수현령은 본소이승류선화인데 금유감사에게 위유시책은 비야라.

綸音到縣　　宜聚集黎民　　親口宣諭　　俾知德意
윤음도현이면 의취집여민하여 친구선유하여 비지덕의니라.

教文赦文到縣　　亦宜撮其事實　宣諭下民　　俾各知悉
교문사문도현이면 역의촬기사실　선유하민하여 비각지실이니라.

凡望賀之禮　宜肅穆致敬　　使百姓知朝廷之尊
범망무지례는 의숙목치경하여 사백성지조정지존이니라.

望慰之禮　一遵儀注　　面古禮　不可以不講也
망위지례는 일준의주하며 면고례는 가불이불강야니라.

國忌　　廢事不用刑　　不用樂　皆如法例
국기에는 폐사불용형하며 불용악은 개여법예니라.

朝令所降　民心弗悅　　不可以奉　　行者 宜移疾去官
조령소강을 민심불열하여 불가이봉이면 행자 의이질거관이니라.

군수나 현령은 본래 임금의 뜻에 따라 백성들에게 승유와 선화를 펴는 것인데 이것을 감사에게만 책임을 돌리는 것은 잘못된 일이다.

백성을 위해 전하는 임금의 명령이 고을에 도착하면 고을 사람들을 모아 친히 선포하여 나라의 은덕을 알게 하여야 한다.

임금의 지시를 적은 글이나 죄를 사면해 주라는 글이 현에 도착하면 역시 내용의 요지를 뽑아 백성 모두가 잘 알도록 하여야 한다.

망하례*는 엄숙하고 경건히 공경을 다하게 하여 조정의 존엄함을 알게 해야 한다.

망위례는 오로지 나라에서 정한 의식에 준해야 하지만 예전부터 전해 내려오는 의식을 생각해 볼 수도 있다.

나라의 제삿날에는 공무를 접어두고, 형벌도 집행하지 않으며 연회를 베풀거나 하면 안 되는 것이 법례로 되어 있다.

조정에서 법령이 내려왔으나 백성들이 따르지 않아 시행할 수 없는 경우에는 병을 핑계로 관복을 벗어버려야 한다.

璽書遠降　　牧之榮也

새서원강이면 목지영야라.

責諭時至　牧之懼也

책유시지는 목지구야라.

임금의 명령을 적은 교서가 내려옴은 수령의 영광이요, 책망의 글이 전해옴은 수령의 두려움이다.

*선화(宣化): 가르치고 이끌어서 선한 길로 나가게함.

*윤음(綸音): 임금의 명령, 승유.

*교문(教文): 임금의 명령을 적은 글.

*사문(赦文): 죄를 사면하는 글.

*망하례(望賀禮): 명절날 등, 수령이 마을에 궁궐을 상징하는 전패에 나가 축하하며 절을 올리던 일.

*망위례(望慰禮): 국상 때 대궐 쪽을 향해 조위(弔慰)를 표하던 의식.

*국기(國忌): 나라의 제사.

*불열(弗悅): 싫어함.

*이질(移疾): 질병이라 둘러댐.

*새서(璽書): 임금의 명령을 적은 글. 교서.

제2조 수법(守法)_ 법을 준수함

法者 君命也 不守法 是不遵君命者也 爲人臣者 其敢
법자는 군명야니 불수법은 시부준군명자야니라. 위인신자가 기감

爲是乎
위시호아?

確然持守 不撓不奪 便是人慾退聽 天理之流行
확연지수하여 불소불탈하면 편시인욕퇴청이요 천리지유행하리라.

凡國法所禁 刑律所載 宜慄慄危懼 毋敢冒犯
범국법소금과 형율소재는 의율율위구하여 무감모범이니라.

不爲利誘 不爲威屈 守之道也 雖上司督之 有所不受
불위이유하고 불위위굴은 수지도야라 수상사독지라도 유소불수니라.

法之無害者 守而無變 例之合理者 遵而勿失
법지무해자는 수이무변하고 예지합리자는 준이물실하라.

邑例者 一邑之法也 其不中理者 修而守之
읍예자는 일읍지법야니 기불중리자는 수이수지니라.

법은 임금의 명령이다. 법을 지키지 않음은 임금의 명을 거역하는 것이 되는데 신하된 자로서 감히 그럴 수 있겠는가?

굳게 법을 지켜서 흔들리거나 벗어나지 않는다면 사람의 욕심

이 사라지고 하늘의 바른 도리가 세상에 가득할 것이다.

나라의 법으로 금지하는 것과 형법에 실려 있는 것은 마땅히 두려워하여 감히 범하는 일이 없도록 해야 한다.

영리에 현혹되지 않고, 위세에 굴하지 않는 것이 법을 지키는 바른 길이다. 비록 상사가 독촉하더라도 법에 어긋나는 일이라면 받아들이지 말아야 한다.

해로움을 주지 않는 법이라면 변함없이 그대로 지켜 나가고, 합리적인 관례는 그대로 지켜 없어지지 않도록 해야 한다.

고을의 관례는 곧 그 고을의 법이다. 그러나 그것이 사리에 어긋난다고 판단되면 고쳐서 지켜야 한다.

*불요불탈(不撓不奪): 흔들리거나 빼앗기지 않음.

*율율(慄慄): 무서워 떪.

*중리(中理): 이치에 맞음.

제3조 예제(禮際)_ 예로 사귐

禮際者　君子之所愼也　恭近於禮　遠恥辱也　外官之與
예제자는 군자지소신야니 공근어례면 원치욕야라 외관지여와

使臣相見　具有禮儀　見於邦典　延命之赴營行禮
사신상견에는 구의예의가 견어방전이니라. 연명지부영행례는

非古也　監司者　執法之官　雖有舊好　不可恃也
비고야라. 감사자는 집법지관이니 수유구호라도 불가시야니라.

營下判官　於上營　宜恪恭盡禮　不可忽也
영하판관이 어상영은 선각공진례하며 불가홀야니라.

예의를 갖춰 사귐은 군자가 신중히 여겨 행하는 바이니 공손한 태도로 예의를 갖춰 대하면 부끄러움이나 욕됨은 멀리 사라질 것이다.

지방의 수령이 임금의 명을 받아 서울에서 내려오는 사신을 만날 때는 나라의 법전에 실려 있는 대로 예의를 갖춰야 한다. 연명의 예를 감영에 나가 행하는 것은 상관에 잘 보이려는 행위이므로 예부터 내려온 예가 아니다.

감사란 법을 집행하는 관리이니 비록 예부터 좋은 관계로 지내온 사이라 하더라도 그것에 의지하려 해서는 안 된다.

감영에 있는 판관은 상관을 공경하며 극진한 예를 갖추어 대하

여야 하며 소홀함을 보여서는 안 된다.

上司　推治吏校　　雖事係非理　　有順無違焉　可也
상사가 추치이교에는 수사계비리라도 유순무위언이 가야라.

所失在牧　　而上司令牧　　自治其吏校者　　宜請移囚
소실재목한데 이상사영목에게 자치기이교자라면 의청이수하라.

唯上司所令　違於公法　　害於民生　　當毅然不屈
유상사소령이 위어공법하고 해어민생이면 당의연불굴하고

確然自守　　禮不可不恭　　義不可不潔　　禮義兩全
확연자수니라. 예불가불공하고 의불가불결하며 예의양전하고

雍容中道　　斯謂之君子也
옹용중도하면 사위지군자야니라.

隣邑上睦　　接之以禮　　則寡悔矣
인읍상목하고 접지이례라면 즉과회의리라.

隣官有兄弟之誼　　彼雖有失　　無相猶矣　交承有僚友之誼
인관유형제지의하니 피수유실이라도 무상유의요 교승유요우지의하니

所惡於後　無以從前　　斯寡怨矣　　前官有疵
소오어후를 무이종전이라야 사과원의니라. 전관유자어든

掩之勿彰　前官有罪　補之勿成
엄지물창하고 전관유죄어든 보지물성이니라.

若夫政之寬猛　令之得失　相承相變　以濟其過
약부정지관맹이나 영지득실은 상승상변하여 이제기과니라.

상사가 아전이나 군교에게 죄를 물어 다스릴 때에는 비록 상사가 지시하는 일이 비록 사리에 어긋나더라도 순종하고 어기지 않는 것이 좋다. 과실은 수령에게 있는데 상사가 수령에게 그 아전이나 군교의 죄를 다스리라고 하면 마땅히 그 아전이나 군교를 다른 고을로 옮겨 죄를 다스리도록 해야 한다. 상사의 명령이 공법에 어긋나고 백성을 해치는 것이라면 마땅히 꿋꿋하게 명령에 굴하지 말고, 자신의 확신을 지켜 나가야 한다. 예는 공손하지 않으면 안 되고 의는 결백하지 않으면 안 되니 예와 의, 어우러진 온전하고 온화한 태도로 도에 임한다면 이를 군자라 할 것이다.

이웃 고을과 서로 화목하고 예로써 대접하면 뉘우침이 적을 것이다.

이웃 수령과는 형제같은 정이 있으니, 그가 나에게 비록 잘못 대하는 때가 있다 하더라도 그와 같은 잘못을 답습해서는 안 될 것이다. 임지의 일을 마치고 교대할 때에는 동료의 우의가 있으니 뒷사람에게 미움받을 일을 앞사람이 하지 않아야 원망이 적을 것이다. 전관의 행정에 잘못이 있다면 이를 꼬집어 드러내지 말고, 전관에게 죄가 있거든 도와서 죄가 되지 않도록 하라. 정사의 사납고 너그러움이나 명령의 득실이 같은 것은 서로 계승하고 서로 물리며 그 허물을 해결해야 한다.

* 연명(延命): 감사 수령 등이 임지로 떠날 때 궐패(闕牌)앞에서 왕명을 전포(傳布)하는 의식.

*공근어례(恭近於禮): 공손함이 예와 같음.

*외관(外官): 궁 밖의 관리 곧 수령.

*방전(邦典): 나라의 법전.

*영하판관(營下判官): 감영에 있는 판관.

*각공진례(恪恭盡禮): 공손함을 다하여 예를 바침.

*추치(推治): 죄를 조사하여 다스림.

*공형문장(公兄文狀): 호장이나 이방이 죄인을 조사해 작성한 문서.

*소실재목(所失在牧): 잘못이 수령에게 있음.

*옹용중도(擁容中道): 온화한 용모가 도에 맞음.

*요우(僚友): 동료.

*유자엄지(有疵掩之): 허물이 있더라도 덮어줌.

*보지물성(補之勿成): 도와주어 죄가 되지 않게 함.

제4조 문보(文報)_ 공문과 보고서

公移文牒　宜精思自撰　不可委之於吏手

공이문첩은 의정사자찬하며 불가위지어이수니라.

其格例文句　異乎經史　書生始到　多以爲惑

기격례문구가 이호경사하여 서생시도에 다이위혹이니라.

上納之狀　起送之狀　知會之狀　到付之狀

상납지장과 기송지장과 지회지장 도부지장은

吏自循例　付之可也

이자순례이니 부지가야라.

說弊之狀　請求之狀　防塞之狀　辨訟之狀

설폐지장과 청구지장 방색지장 변송지장은

必其文詞條鬯　誠意惻怛　方可以動人

필기문사조창하고 성의측달이라야 방가이동인이니라.

人命之狀　宜慮其擦改　盜獄之狀　宜秘其封緘

인명지장은 의려기찰개하고 도옥지장은 의비기봉함이니라.

農形之狀　雨澤之狀　有緩有急　要皆及期　乃無事也

농형지장과 우택지장은 유완유급인데 요개급기라야 내무사야니라.

磨勘之狀　宜正謬例　年分之狀　宜察奸竇

마감지장은 의정요례하고 연분지장은 의찰간두니라.

數目多者　開列于成册　　條段少者　疏理于後錄
수목다자는 **개열우성책**하고 **조단소자**는 **소리우후록**하니라.

공문서의 문안은 마땅히 정밀하게 생각하여 자신이 직접 작성할 것이며 아전의 손에 맡겨서는 안 된다. 문서의 격식과 문구가 경전이나 역사책과 일치하지 않는 부분이 있어 서생이 처음 오게 되면 당황하는 수가 있다.

상납, 기송, 지회, 도부 글은 아전이 관례에 따라 보내도 좋다. 폐단을 말하는 공문, 청구하는 공문, 방색하는 공문, 변송하는 공문, 등은 반드시 그 문장이 사리에 맞고 정성스럽고 간절하고 성의가 있어야 상대의 마음을 움직일 수 있을 것이다. 인명에 관한 공문은 글자를 지우거나 고치는 것을 염려해야 하고 도둑에 관한 문서는 봉하여 비밀이 새지 않도록 해야 한다. 농사의 현황, 비의 혜택에 관한 문서는 완급이 있는데 때를 잘 맞추어야만 탈이 없을 것이다. 마감하는 문서는 다시 한 번 살펴서 잘못된 것은 바로잡아야 하며 곡식의 작황 등급을 작성한 공문은 부정이 있는지 살펴야 한다. 조목의 수가 많은 것은 색인을 만들어 붙여야 하고 조목이 적은 것은 뒤쪽에 추가해 정리해 두면 될 것이다.

月終之狀　其可删者　議於上司　圖所以去之

월종지장에 기가삭자는 의어상사하여 도소이거지니라.

諸營之狀　亞營之狀　京史之狀　史館之狀

제영지장과 아영지장과 경사지장과 사관지장은

竝皆循例　不足致意

병개순례이니 부족치의요

隣邑移文　宜善其辭令　無俾生釁

인문이문은 의선기사령하여 무비생흔하라.

文牒稽滯　必遭上司督責　非所以奉公之道也

문첩계체면 필조상사독책이니 비소이봉공지도야니라.

凡上下文牒　宜錄之爲册　以備考檢　其說期限者

범상하문첩은 의록지위책하여 이비고검하고 기설기한자는

別爲小册

별위소책이니라.

若邊門掌鑰　直達狀啓者　尤宜明習格例　兢然致愼

약변문장약하여 직달장계자는 우의명습격례하여 긍연치신이니라.

월말의 문서 가운데 버려도 좋은 것은 상사와 의논해서 없애도록 할 것이다.

여러 관영에서 온 보고서나 아영, 경사, 사관에 대한 보고서 등은 모두 관례를 따를 것이니 마음을 쓸 것이 없다. 이웃 고을로 보내는 문서는 좋은 말을 사용하여 오해를 사는 일이 없게 하라. 공문이 기한을 넘겨 늦어지면 상사의 독촉과 문책을 받게 되니 이것은 나라를 위해 이바지하는 길이 아니다. 무릇 위아래로 보내는 문서들은 기록하여 책을 만들어 고증과 검열에 대비할 것이고, 그 기한이 설정되어 있는 것은 따로 작은 책을 만들어야 한다. 변방 관문의 자물쇠를 맡은 자가 곧장 장계를 올릴 때는 격식과 관례를 분명히 익혀 두려운 태도로 올려야 할 것이다.

*공이문첩(公移文牒): 공문보고서.

*경사(經史): 역사책.

*방색(防塞): 지시에 대해 실행을 거부함.

*변송(辨訟): 변명하여 해명함.

*조창(條鬯): 조리있고, 분명함.

*찰개(擦改): 지워고침.

*간두(奸竇): 간사한 짓을 하는 틈.

*생흔(生釁): 틈을 만듦.

*장약(掌鑰): 열쇠를 관장함.

*상납(上納): 공물, 세포(稅布) 군전, 군포 등을 기한이 되어 진상하는 것.

*기송(起送): 장인 ,죄수, 번군(番軍) 등을 명에 따라 보내 주는 것.

*지회(知會): 조정에서 보낸 조서를 즉시 반포함.

*도부(到付): 상사가 보낸 공문을 어느 날에 수령하였음을 확인함.

*방색지장(防塞之狀): 어떤 지시에 대해 실행을 거부하는 글.

*변송지장(辨訟之狀): 어떤 일에 대해 변명하여 해명하는 글.

제5조 공납(貢納)_ 공물 납부

財出於民　受而納之者　牧也

재출어민이며 수이납지자는 목야라.

察吏奸則　雖寬無害　不察吏奸　則雖急無益

찰이간즉이면 수관무해이나 불찰이간이면 즉수급무익이니라.

田租田布　國用之所急須也

전조전포는 국용지소급수야라.

先執饒戶　無爲吏攘　斯可以及期矣

선집요호하고 무위이양하면 사가이급기의리라.

軍錢軍布　京營之所　恒督也　察其疊徵

군전군포는 경영지소에서 항독야이니 찰기첩징하고

禁其斥退　斯可以無怨矣

금기척퇴라야 사가이무원의라.

재물은 백성으로부터 나오며 이를 거두어들이는 자는 수령이다. 아전의 부정을 잘 살핀다면 비록 수령이 너그럽더라도 피해가 없겠지만, 아전의 부정을 살피지 못하면 비록 엄하게 하여도 이익이 없을 것이다.

농지세(田組)나 포목세(田布)는 국가의 재정에 매우 시급한 것들이다. 우선 넉넉한 집부터 징수하고 아전들이 빼돌리지 않도록 하여야만 기한에 댈 수 있을 것이다.

군전과 군포는 상부에서 항상 독촉하는 것이니 중복하여 징수하는지 살피고 물품이 불량하다고 퇴박하는 일을 금해야만 원망을 없앨 수 있다.

貢物土物　上士之所配定也

공물토물은 상사지소배정야라.

恪修其故　捍其新求 斯可以無弊矣

각수기고하여 한기신구 사가이무폐의니라.

雜稅雜物　下民之所甚苦也　輸其易獲　辭其難辦

잡세잡물은 하민지소심고야니 수기이획하고 사기잡판하면

斯可以无二無咎矣

사가이무이무구의니라.

上司以非理之事　强配郡縣　牧宜敷陳利害　期不奉行

상사이비리지사를 강배군현이면 목의부진이해로 기불봉행하라.

內司諸宮　其上納愆期　亦且生事　不可忽也

내사제궁을 기상납건기는 역차생사니 불가홀야라.

공물이나 토산물은 상사에서 배정한다. 예전부터 있던 것은 정성스럽게 수행하고, 새로 요구하는 것을 막아야만 폐단을 없앨 수 있다.

이것저것 잡세나 잡물을 징수하는 것은 가난한 백성들이 몹시 괴로워한다. 쉽게 얻을 수 있는 것은 옮기게 하고, 구하기 어려운 것을 사절하여야 허물이 없을 것이다. 상사가 이치에 맞지 않는 일을 강제로 군현에 배정한다면 수령은 마땅히 이해를 구하고 받들지 않도록 해야 한다. 대궐 안에서 쓰는 물건을 상납하는 것은 기한을 어기면 또한 사건의 실마리가 생길 것이니 소홀히 해서는 안 된다.

*전조(田租): 농지세.

*첩징(疊徵): 이중으로 징수함.

*척퇴(斥退): 퇴짜를 놓아 받지 않음.

*건기(愆期): 기일을 어김.

*내사(內司): 대궐에서 사용하는 물건을 관리하는 관서. 내수사(內需司).

제6조 요역(搖役)_ 출장 근무

上司差遣　竝宜承順　託故稱病　以圖自便
상사차견이면 병의승순하고 탁고칭병하여 이도자편은

非君子之義也
비군자지의야니라.

上司封箋　差員赴京　不可辭也
상사봉전하여 차원부경에는 불가사야니라.

宮廟之祭　差爲享官　宜齊宿以行事也
궁묘지제에 차위향관이면 의재숙이행사야니라.

試院同考　差官赴場　宜一心秉公　若京官行私
시원동고하여 차관부장하면 의일심병공하고 약경관행사면

宜執不可
의집불가니라.

상사에서 차출해 보내면 마땅히 순순히 받들어야 한다. 일이 있다거나 병을 핑계해서 스스로 편한 것을 꾀하는 것은 군자의 도리가 아니다. 상사의 공문을 가지고 서울로 가라는 임무를 받았을 때에도 사양하면 안 된다. 궁묘의 제사 때에 향관으로 차출되면 경건한 마음으로 밤을 지새고 제사에 임해야 한다. 과거 시험장에 함께 시험감을 하기 위하여 차관으로 시험장에 나가게 되면 반드시 공정한 마음을 가지고 집행해야 하며 만일 서울의 관원이 사적인 정으로 부정을 눈감아 주려하면 마땅히 불가함을 고집해야 한다.

人命之獄　謀避檢官　國有恒律　不可犯也
인명지옥에 모피검관은 국유항률이니 불가범야니라.

推官取便　僞飾文書　以報上司　非古也
추관취편하여 위식문서로 이보상사는 비고야니라.

漕運督發　差員赴倉　能蠲其雜費　禁其橫侵
조운독발에 차원부창하여 능견기잡비하고 금기횡침이면

頌聲其載路
송성기재로이니라.

漕船臭載　在於吾境　其拯米曬米　宜如救焚
조선취재가 재어오경이면 기증미쇄미를 의여구분이니라.

勅使送迎　差員護行　宜亦恪恭　毋俾生事
칙사영송에 차원호행하면 의역각공하여 무비생사니라.

漂船問情　機急而行艱　勿庸遲滞　爭時刻以赴
표선문정은 기급이행간하며 물용지체하고 쟁시각이부니라.

修提築城　差員往督　悅以營民　務得衆心
수제축성에 **차원왕독**하면 **열이영민**하여 **무득중심**이면

事功其集矣
사공기집의니라.

사람의 목숨이 걸린 옥사에 검사관이 되기를 기피한다면 나라에 법률이 있으므로 안 되는 일이다. 죄를 조사하는 관원이 편리한 길을 택해 문서를 거짓으로 꾸며 상사에게 보고하는 것은 예부터 비리로 여겨 왔으므로 도에 어긋난 것이다.

나라의 공물을 실어 나르는 배를 감독하는 차사원이 되어 조창으로 가서 잡비를 덜어 주고 아전이 함부로 빼앗는 횡포를 막아준다면 칭송하는 소리가 길에 가득할 것이다.

조선이 자기 경내에서 침몰하면 쌀을 건져내 쌀을 말리는 일을 불에 타는 쌀을 구해내듯 해야 한다. 중국의 사신들을 맞이하고 보낼 때 호행차사로 파견되어 호행하게 되면 마땅히 정성을 다하고 공손히 하여 사건의 실마리가 생기지 않도록 해야 한다.

떠내려 온 배에 대해서는 정상을 물어 기민하게 행동을 취하며 어려움이 있더라도 지체하지 말고 시각을 다투어 달려가야 한다.

제방을 보수하고 성을 쌓는 일에 감독으로 파견되어 기쁘게 백성들을 위로하여 인심을 얻도록 힘쓴다면 그 일의 공이 이루어질 것이다.

*탁고칭병(託故稱病): 사고나 병이 났다고 핑계를 댐.

*재숙(齋宿): 제사 지내기 전 경건한 마음으로 밤을 지새는 일.

*조운(漕運): 배로 곡식 등을 운반함.

*재로(載路): 길에 가득함.

*취재(臭載): 물에 빠짐.

*증미쇄미(拯米晒米): 햇빛에 말린 젖은 쌀.

*칙사(勅使): 중국 사신.

*각공(恪恭): 각별히 공경함.

제4장

애민육조(愛民六條)

제1조 양로(養老)_ 어른을 공경

養老之禮廢　而民不興孝　爲民牧者　不可以不擧也
양로지예폐하면 이민불흥효니 위민목자는 불가이불거야니라.

力拙而擧贏　不可廣也　宜選八十以上
역굴이거영은 불가광야니라. 의선팔십이상이

養老之禮　必有乞言　詢莫問疾　以當斯禮
양로지예에 필유걸언하며 순막문질하여 이당사예니라.

依於禮法　簡其文節　行之於學宮
의어예법하되 간기문절하고 행지어학궁이니라.

前哲於此　修而行之　旣成故常　猷有遺徽
전철어차는 수이행지하여 기성고상으로 유유유휘라

以時行優老之惠　斯民知敬老矣
이시행우로지혜면 사민지경로의리라.

歲除前二日　以食物歸耆老
세제전이일에 이식물귀기로니라.

양로의 예를 폐지하면 백성이 효도에 등한해지기 쉬우므로 목민관이 된 자는 이를 거행하지 않으면 안 된다. 재력이 넉넉지 못함에도 거행하는 것이므로 참석 범위를 넓혀서는 안 된다. 80세 이상을 선발하는 것이 좋다. 노인을 위로할 때는 예를 갖춰 괴로움, 고통, 질병 등을 공손한 말로 묻는 것이 예이다. 예법에 의하되 절차를 간략하게 하고 향교나 성균관에서 행하도록 한다. 예전의 현인들이 이를 갈고닦아 시행하여 이미 관습이 되었으므로 그 아름다운 향기가 지금까지 남아있다. 시시때때로 노인을 받드는 은혜로움을 베푼다면 백성들이 노인을 공경하게 될 것이다. 선달그믐 이틀 전에 노인들께 음식을 나눠드려야 한다.

*굴(詘): 다할 굴.

*영(贏): 남을, 지나칠 영.

*걸언(乞言): 훌륭한 말을 구함.

*순막(詢莫): 폐해를 물음.

*학궁(學宮): 향교, 성균관.

제2조 자유(慈幼)_ 어린이 사랑

慈幼者　先王之大政也　歷代修之以爲令典

자유자는 선왕지대정야니 역대수지이위령전이니라.

民旣因窮　生子不擧　誘之育之　保我男女

민기곤궁하면 생자불거니 유지육지하여 보아남녀니라.

歲値荒儉　棄兒如遺　收之養之　作民父母

세치황검이면 기아여유하니 수지양지하여 작민부모하라.

我朝立法　許其收養爲子爲奴　條例詳密

아조입법으로 허기수양위자위노는 조례상밀이니라.

若非饑歲　有遺棄者　募民收養　官助其糧

약비기세에 유유기자면 모민수양하여 관조기량이니라.

어린이에게 사랑을 베푸는 것은 선왕 때부터 내려온 큰 정사이며 역대로 이를 행하여 법으로 삼았다. 백성이 곤궁하여 자식을 낳아도 거두지 못하니 가르치고 길러서 내 자식처럼 보호하라. 흉년이 들면 아이 버리기를 물건 버리듯 하니 거두고 길러서 그들의 부모가 되도록 하라.

우리나라에서도 고아나 남의 자식을 거두어 기르는 것을 법으로 인정했으며 자식으로 삼거나 종을 만드는 법이 상세하고도 치밀하게 조례로 정해져 있다. 기근이 든 때가 아닌데도 아이를 버리는 자가 있다면 수양해 줄 사람을 골라서 아이를 보호하도록 하고 그 양식을 관에서 내어 주어야 한다.

*황검(荒儉): 흉년.

*기세(饑歲): 기근이 든 해.

제3조 진궁(賑窮)_ 가난한 사람들을 구제

鰥寡孤獨　謂之四窮

환과고독은 위지사궁이라.

窮不自振　待人以起　振者擧也

궁불자진하여 대인이기라야 진자거야니라.

過歲不婚聚者　官宜成之

과세불혼취자는 관의성지니라.

勸婚之政　是我列聖遺　法令長之　所宜恪遵也

권혼지정은 시아열성유니 법령장지하여 소의각준야니라.

每歲孟春　選過時未婚者　並於仲春成之

매세맹춘에 선과시미혼자하여 병어중춘성지니라.

合獨之政　亦可行也

합독지정도 역가행야니라.

홀아비와 과부, 고아와 자식 없는 늙은이를 사궁이라 하는데 이들은 궁하여 스스로 일어날 수 없어 다른 사람의 힘을 빌어야만 떨치고 일어설 수 있다. 진(振)이란 일으켜 준다는 말이다. 과년하도록 혼인을 못한 사람은 관에서 성혼시키도록 서둘러 주어야만 한다. 혼인을 권장하는 정사는 역대 임금님이 남긴 법도이니 수령은 마땅히 힘써 따라야 한다. 해마다 정월이면 과년하여도 혼인하지 못한 자를 가려내어 2월에는 성혼시키도록 한다. 홀아비와 홀어미를 짝지어 주는 정사도 또한 행하여야 할 것이다.

*환과고독(鰥寡孤獨): 홀아비, 홀어미, 고아, 자식 없는 늙은이. 인생이 가장 가난하고 가여운 사람들.

*대인이기(待人以起): 남에게 의지하여야만 살아갈 수 있는 사람.

*맹춘(孟春): 봄의 첫달 1월.

*중춘(仲春): 2월.

*합독(合獨): 홀아비와 홀어미를 합쳐줌.

제4조 애상(哀喪)_ 상을 애도

有喪 蠲徭 古之道也 其可自擅者 皆可蠲也

유상 견요가 고지도야라 기가자천자는 개가견야니라.

民有至窮極貧 死不能斂 委之溝壑者 官出錢葬之

민유지궁극빈하여 사불능렴하고 위지구학자는 관출전장지니라.

其或饑饉癘疫 死亡相續 收瘞之政 與賑恤偕作

기혹기근여역으로 사망상속이면 수예지정과 여진휼해작하라.

或有 解觸目生悲 不堪悽惻 卽宜施恤 勿復商度

혹유 해촉목생비하여 불감처측이면 즉의시휼하며 물부상탁하라.

惑有客宦遠方 其旅櫬過邑 其助運助費 務要忠厚

혹유객환원방이 기려친과읍이어든 기조운조비하고 무요충후하며

鄕承吏校 有喪有死 宜致賻問 以存恩意

향승이교가 유상유사어든 의치부문하여 이존은의니라.

상을 당하면 부역을 면해 주는 것이 예부터 내려온 도이다. 본인의 의견에 따라 원하는 것은 모두 면제해 주어도 좋다. 지극히 궁색하고 가난한 백성이 죽어 염하지 못하고 구덩이에 버리는 자가 있을 때에는 관에서 돈을 주어 장사 지내도록 해야 한다. 기근과 전염병이 창궐하여 사망자가 속출하면 거두어 묻는 정책과 흉년에 곤궁

한 백성을 구원하여 도와주는 일을 병행하여야 한다.

혹 비참한 광경이 눈에 들어와 마음을 슬프게 하여 측은함을 견딜 수 없거든 주저하지 말고 즉시 구제해야 한다. 혹시 먼 객지에서 와서 벼슬살이를 하던 사람의 영구가 고을을 지나게 되면 달려가 운구를 돕고 비용도 돕는 것을 성심성의껏 힘써야 한다. 수령의 부하나 아전 또는 군교가 상을 당했거나 본인이 죽었을 때에는 부의를 건네고, 조문하여 은혜로운 뜻을 남기도록 한다.

*견요(蠲徭): 부역을 덜어줌.

*자천(自擅): 자기 뜻대로 처리할 수 있는 일.

*진휼(賑恤): 구제하여 돌봄.

*여역(癘疫): 전염병.

*상탁(商度): 헤아려 생각함.

*객환(客宦): 객지에서 벼슬함.

*여친(旅櫬): 객지에서 죽은 사람의 상여.

제5조 관질(寬疾)_ 환자의 구호

廢疾篤疾者　免其征役　此之謂寬疾也　廢癃殘疾

폐질독질자는 면기정역하니 차지위관질야라 폐륭잔질로

力不能自食者　有寄有養

역불능자식자는 유기유양이니라.

軍卒羸病　因於凍餒者　贍其衣飯　俾無死也

군졸이병으로 인어동뢰자는 섬기의반하여 비무사야니라.

瘟疫流行　蚩俗多忌　撫之療之　俾無畏也

온역유행하면 치속다기니 무지요지하여 비무외야니라.

瘟疫痲疹　及諸民病　死亡夭札　天災流行

온역마진과 급제민병으로 사망요찰하고 천재유행이면

宜自官救助

의자관구조니라.

流行之病　死亡過多　救療埋葬者　宜請賞典

유행지병으로 사망과다하면 구료매장자는 의청상전이라.

近所行痲脚之瘟　亦有新方　自燕京來

근소행마각지온은 역유신방이 자연경래니라.

불치병과 중환자에게는 부역을 면제해 주는데 이것을 관질이라고 한다. 곱사등이나 고질병 환자처럼 자력으로 생활할 수 없는 자는 의지할 곳과 살아갈 길을 마련해 줘야 한다. 군졸들 중에 병들고 굶주림과 추위로 배고픈 것을 이기지 못하는 자에게는 입을 것과 먹을 것을 줘서 죽지 않도록 해야 한다. 전염병이 유행하면 어리석은 풍속으로 금하고, 꺼리는 것이 많으니 어루만지고 치료해줘서 두려워하지 않도록 해야 한다. 장질부사나 천연두 및 질병으로 백성들이 요절하거나 죽는 천재가 만연하면 의당 관에서 구제하여야 한다. 병의 유행으로 사망자가 아주 많을 때는 구호하고 매장해 준 사람에게 공로에 합당한 상을 주도록 청하여야 한다. 근래 유행되는 염병, 콜레라의 치료에는 중국 연경으로부터 들어온 새로운 처방이 있다.

*독질(篤疾): 병이 심각함.

*정역(征役): 부역을 면해줌.

*이병(羸病): 병으로 여윔. *羸 -파리할 리.

*동뇌(凍餒): 얼고 굶주림. *餒 -주릴 뇌.

*온역(瘟疫): 염병.

*치속(蚩俗): 어리석은 풍속.

*마진(痲疹): 천연두.

*마각온(麻脚瘟): 호열자, 콜레라.

제6조 구재(救災)_ 재난을 구제

水火之災　國有恤典　行之惟謹　宜於恒典之外

수화지재는 국유휼전이니 행지유근이며 의어항전지외는

牧自恤之

목자휼지니라.

凡有災厄　其救焚拯溺　宜如自焚自溺

범유재액이면 기구분증닉을 의여자분자닉하여

不可緩也　思患而豫防　又愈於旣　災而施恩

불가완야라. 사환이예방은 우유어기하여 재이시은이라.

若夫築堤設堰　以捍水災　以興水利者　兩利之術也

약부축제설언하여 이한수재하고 이흥수리자는 양리지술야이며

其害旣去　撫綏安集　是又民牧之仁政矣

기해기거면 무수안집하니 시우민목지인정의니라.

飛蝗蔽天　禳之捕之　以省民災　亦可謂仁聞矣

비황폐천이면 양지포지하여 이생민재라야 역가위인문의니라.

수재나 화재에 대해서는 국가에서 구제하는 법이 있으니 삼가 행할 것이며 정해진 법 외에도 목민관이 마땅히 스스로 구제해야 한다.

무릇 재해와 액운이 있으면 물, 불에서 꺼내 구해줘야 하는데 마치 내가 불에 타고 물에 빠진 것같이 하여 서둘러야 하며 미루거나 늦추어서는 안 된다. 환란이 있을 것을 생각하고 미리 예방하는 것은 이미 재앙을 당하여 은혜를 베푸는 것보다 낫다.

제방을 쌓고 방죽을 만들어서 수재도 방지하고 수리도 일으키는 것은 두 가지로 이익을 얻는 방법이 된다.

그 재해가 지난 후에 백성을 어루만져 주고 안정시켜 주어야 하니 이것 또한 목민의 어진 정사이다. 메뚜기떼들이 날아 하늘을 뒤덮으면 물러가도록 빌고 잡아 없애서 백성들의 재해를 덜어 주어야 어진 목민관이라는 칭송을 들을 것이다.

*휼전(恤典): 구휼하는 특혜.

*항전(恒典): 항상 있는 규정.

*황폐(蝗蔽): 메뚜기 떼 등 해충의 피해.

제5장
이전육조(吏典六條)

제1조 속리(束吏)_ 아전 단속을 너그러우면서도 엄정하게

束吏之本　在於律己　其身正　不令而行

속리지본은 재어율기라 기신정이면 불령이행하고

其身不正　雖令不行

기신부정이면 수령불행이니라.

齊之以禮　接之有恩然後　束之以法

제지이례하고 접지유은연후에 속지이법하라.

若陵轢虐使　顚倒詭遇者　不受束也

약능력학사하고 전도궤우자하면 불수속야라.

居上不寬　聖人攸誡　寬而不弛　仁而不懦

거상불관은 성인유계라 관이불이하고 인이불나면

亦無所廢事矣

역무소폐사의니라.

誘之掖之　教之誨之　彼亦人性　未有不格

유지액지하며 교지회지라면 피역인성이니 미유불격이요

威不可先施矣　誘之不牖　教之不悛　怙終欺詐

위불가선시의니라. 유지불유하고 교지부전하며 호종기사하여

爲元惡大奸者　刑以臨之

위원악대간자는 형이임지니라.

元惡大奸　須於布政司外　立碑鐫名　永勿復屬
원악대간은 수어포정사외에 입비전명하여 영물복속하면

牧之所好　吏無不迎合　知我好財　必誘之以利
목지소호에 이무불영합하며 지아호재면 필유지이리리니

一爲所誘　則與之同陷矣
일위소유면 즉여지동함야니라.

아전을 명령이나 법령을 지키도록 단속하는 근본은 수령 자신이 처신을 바르게 하여 다스리는 데 있다. 자신이 바르면 명령하지 않아도 지켜질 것이지만 올바르지 못하면 명령을 하여도 잘 시행되지 않을 것이다. 예로써 격식에 따라 정돈하고, 은혜로써 대한 후에 법으로써 단속하여야 한다. 만약 업신여기고, 학대, 혹사하고 짓밟으며 속이고, 심하게 다룬다면 다스림을 거역할 것이다.

윗자리에 있으며 관대하지 못함에 대해서는 옛 성인들이 경계하였다. 너그러우며 빈틈을 보이지 않고, 어질면서 나약하지 않다면 일을 그르치지 않을 것이다. 이끌어 주고 도와주며 가르치고 깨우쳐 주면 그들도 인성이 있으니 고쳐 나가지 않을 자가 없다. 위엄을 먼저 보이려 하면 안 된다. 타일러도 깨우치지 못하고 가르쳐도 고치지 않고 사기를 일삼거나 매우 악하고 간사한 자는 형벌로 다스려야 한다.

근성이 악하고 간사한 자는 감영 밖에다 비를 세우고 이름을 새겨서 영원히 다시 복직하지 못하게 해야 한다.

수령이 즐기고 좋아하는 것에 비위를 맞추려 하지 않는 아전은 없다. 수령이 재물을 좋아하는 것을 알면 반드시 이롭고 도움 됨을 내세워 유혹할 것이니 한 번 꼬임을 당한다면 그들과 함께 죄에 빠지게 되는 것이다.

性有偏辟 吏則窺之 因以激之 以濟其奸

성유변벽하면 이즉규지하여 인이격지하여 이제기간이니

於是乎墮陷矣

어시호타함의니라.

不知以爲知 酬應知流者 牧之所以墮於吏也

부지이위지하여 수응지류자는 목지소이타어이야니라.

吏之求乞 民則病之 禁之束之 無碑縱惡

이지구걸은 민즉병지하니 금지속지하여 무비종악이니라.

員額少 則閒居者寡 而虐斂未甚矣

원액소면 즉한거자과하고 이학렴미심의니라.

今之鄕吏 締交宰相 關通察使 上藐官長

금지향리는 체교재상하고 관통찰사하여 상모관장하고

下剝生民 能不爲是所屈者 賢牧也

하박생민하니 능불위시소굴자는 현목야라.

首吏權重 不可偏任 不可數召

수이권중이니 불가편임이며 불가삭소니라.

有罪必罰 使民無惑 吏屬參謁 宜禁白布衣帶

유죄필벌하여 사민무혹하라.이속참알에는 의금백포의대니라.

吏屬遊宴 民所傷也 嚴禁屢戒 毋敢戱豫

이속유연은 민소상야니 엄금누계하여 무감희예니라.

수령의 성품이 공평하지 못하면 아전들은 그 틈을 엿보아 제멋대로 간악한 죄를 지으며 그들의 뜻대로 행동하므로 그들의 술책에 빠지게 된다. 잘 알지 못하면서도 아는 체하여 아전들의 요구에 응하여 쉽게만 일을 처리하려고 하면 이 역시 수령은 스스로 아전들의 농간에 놀아나게 된다. 아전들이 식량이나 물건을 거저 얻으려 하면 백성들은 병들어 고통스러워하고 괴로워하니 금지하고 단속하여 함부로 나쁜 일을 못하도록 해야 한다. 관원이 인원이 적으면 한가히 지내는 자가 적고 백성들에게 무리하게 거둬들이는 일도 심하지 않을 것이다.

요즈음의 향리들은 재상과 결탁하고 감사와 내통하여, 위로는 고을의 원을 업신여기고 아래로는 백성들을 착취하니 이들에게 굴하지 않는 관장이라야 어진 수령이라 할 것이다. 우두머리 아전은 권한이 무거우니 치우치게 일을 맡겨도 안 되며 자주 불러도 안 된다. 죄가 있으면 반드시 벌하여 백성들로부터 의혹을 사지 않도록 하라. 아전이 참알에는 흰옷에 베로 만든 띠의 착용을 금하여야 한다. 아전들이 놀이와 잔치를 즐기는 것은 백성들의 마음을 언짢게 하는 바이니 엄하게 금지하고 자주 경계하여 함부로 놀이하는 일이 없도록 해야 한다.

吏屬用笞罰者　亦宜嚴禁

이속용태벌자는 역의엄금하니라.

上官旣數月　作下吏履歷表　置之案上

상관기수월이면 작하이이력표하여 치지안상이니라.

吏之作奸　史爲謨主　欲防吏奸

이지작간은 사위모주이니 욕방이간이어든

怵其史　欲發吏奸　鉤其史　史者　書客也
출기사하고 욕발이간이면 구기사니라 사자는 서객야라.

아전의 마루에서 태장으로 볼기를 치는 형벌은 마땅히 엄금하여야 한다.

부임한 지 수개월 지나면 부하 아전들의 이력표를 만들어서 책상 위에 놓아두도록 해야 한다.

아전이 농간을 부리는 것은 사가 주모자가 된다. 아전의 농간을 막으려면 사를 두렵게 해야 하고 아전이 농간을 부리려고 하면 회계를 맡은 자를 혼내 주어야 한다. 사는 곧 회계를 맡은 서객이다.

*속리(束吏): 아전을 단속함.

*제지이례(齊之以禮): 예로써 가지런히 함.

*능력(陵轢): 깔보고 짓밟음.

*궤우(詭遇): 속임수를 씀.

*弛 -느슨할 이.　*懦 -나약할 나.　*牖 -인도할 유.

*포정사(布政司): 감영.

*학렴(虐斂): 가혹하게 거두어 들임.

*관통(關通): 뇌물로 통함.

*삭소(數召): 자주 부름.

*모주(謀主): 주모자.

제2조 어중(馭衆)_ 대중을 통솔

馭衆之道　威信而已　威生於廉　信生於忠

어중지도는 위신이이라 위생어렴하고 신생어충이니

忠而能廉　斯可以服衆矣

충이능렴하면 사가이복중의니라.

軍校者　武人麤豪之類也　其戢橫宜嚴

군교자는 무인추호지류야라 기즙횡의엄이니라.

門卒者　古之所謂皁隷也　於官屬之中　最不率敎

문졸자는 고지소위조례야라. 어관속지중에 최불솔교니라.

官奴作奸　惟在倉廒　有吏存焉　其害未甚

관노작간은 유재창오이며 유리존언이니 기해미심이라.

撫之以恩　時防其濫

무지이은하여 시방기람이니라.

侍童幼弱　牧宜撫育　有罪宜從末減　其骨格已壯者

시동유약하면 목의무육하여 유죄의종말감이나 기골격이장자는

束之如吏

속지여리니라.

대중을 통솔하는 방법에는 위엄과 신의뿐이다. 위엄은 청렴에서

나오고 신의는 충성된 데에서 나오는 것이니 충성과 청렴이 결합되어 나온다면 대중을 복종시킬 수 있을 것이다.

군교는 무인으로서 거친 집단이므로 그 횡포를 막는데 마땅히 엄해야 할 것이다. 문졸은 옛날의 이른바 천박한 종으로 관속들 중에서 가장 가르침을 따르지 않는 자들이다.

관노가 농간 부리는 것은 오직 창고에서만 있는데 거기에 아전이 있으니 그 해가 심하지 않으면 은혜로써 어루만지고 지나친 것만 막으면 된다. 심부름하는 아이가 어리고 약하면 수령이 마땅히 어루만져 길러야 하며 죄가 있더라도 가볍게 다스릴 것이지만 그 몸이 이미 건장하게 자라난 자는 아전과 같이 단속하여야 한다.

*어중(馭衆): 대중을 다스림.

*馭-말부릴 어.　*瘳-거칠 추.

*조례(皁隷): 하인, 종.

*무육(撫育): 어루만져 가르침.

*군교(軍校): 군사, 군장교.

제3조 용인(用人)_ 사람을 적재적소에 씀

爲邦　在於用人　郡縣雖小　其用人　無以異也

위방은 재어용인이라. 군현수소나 기용인에는 무이이야니라.

鄕丞者　縣令之輔左也　必擇一鄕之善者　俾居是職

향승자는 현령위보좌야이니 필택일향지선자하여 비거시직하라.

座首者　賓席之首也　苟不得人　庶事不理

좌수자는 빈석지수야니 구부득인이면 서사불리니라.

左右別監　首席之亞也　亦宜得人　評議庶政

좌우별감은 수석지아야니 역의득인하여 평의서정이니라.

苟不得人　備位而已　不可委之以庶政

구부득인이면 비위이이니 불가위지이서정이니라.

善諛者　不忠　好諫者　不偝　察乎此　則鮮有失矣

선유자는 불충하고 호간자는 불배니 찰호차면 즉선유실의리라.

風憲約正　皆鄕丞薦之　薦非其人者　還收差帖

풍헌약정은 개향승천지니 천비기인자라면 환수차첩이니라.

軍官將官之立於武班者　皆桓桓赳赳　有禦侮之色

군관장관지립어무반자는 개환환규규하여 유어모지색이면

斯可矣

사가의니라.

其有幕裨者　宜愼擇人材　忠信爲先　才諝次之
기유막비자는 의신택인재로되 충신위선하고 재서차지니라.

나라를 다스리는 것은 사람을 잘 임용하는 데 있다. 고을의 규모가 비록 작으나 그 사람을 씀에는 나라와 다를 것이 없다. 향승은 수령의 보좌역이니 반드시 한 고을의 선한 자를 가려 그 직에 취임토록 해야 한다. 좌수란 손님을 맞는 우두머리로 진실로 마땅한 인재를 얻지 못한다면 모든 일이 잘 다스려지지 않을 것이다. 좌우별감은 수석의 다음 자리니 또한 적격자를 얻어 모든 정사를 공평하도록 의논해야 할 것이다. 진실로 적격자를 얻지 못하면 자리만 채울 따름이니 여러 가지 정사를 맡겨서는 안 된다.

아첨하기를 좋아하는 자는 충성심이 모자라고, 바른말을 잘하는 자는 배반하지 않으니 이를 명확하게 살핀다면 실수하는 일이 적을 것이다. 풍헌이나 약정 등 벼슬아치는 모두 향승이 천거한 자이니 적임자가 아니라면 임명장을 거두어들여야 한다. 군관과 장관으로서 무반에 선 자가 모두 굳세고 씩씩하여 적을 물리칠 기상이 넘쳐야 좋다. 비장을 두려면 마땅히 인재를 가려 쓰되 충성과 신뢰를 으뜸으로 삼고 재능과 슬기는 그다음으로 해야 할 것이다.

*향승(鄕丞): 현령의 보좌관 들 좌우 별감 등. 현령은 큰 현의 수령, 원.

*좌수(座首): 향소의 우두머리. 아관(亞官).

*빈석(賓席): 수령과 귀빈이 마주대하는 자리. 향청(鄕廳).

*별감(別監): 향소에서 좌수의 다음 자리.

*비위(備位): 벼슬 자리만 채움.

*차첩(差帖): 임명장.

*어모(禦侮): 외적을 막음.

*막비(幕裨): 비장(裨將).

제4조 거현(擧賢)_ 어질고 현명한 인물을 천거

擧賢者　守令之職

거현자는 수령지직이라.

雖古今殊制　而擧賢不可忘也

수고금수제라도 이거현불가망야라.

經行吏才之薦　國有恒典　一鄕之善　不可蔽也

경행이재지천은 국유항전이니 일향지선을 불가폐야니라.

科擧者　科目之薦擧也　今法雖闕　弊極必變

과거자는 과목지천거야니 금법수궐이나 폐극필변하여

擧人之薦　牧之當務也

거인지천은 목지당무야니라.

中國科擧之法　至詳至密　效而行之　則薦擧者

중국과거지법은 지상지밀하여 효이행지하면 즉천거자는

牧之職也

목지직야니라.

科擧鄕貢　雖非國法　宜以文學之士　錄之于擧狀

과거향공은 수비국법이라도 의이문학지사로 녹지우거장이요

不可苟也

불가구야니라.

部內　有經行篤修之士　宜躬駕以訪之　時節存問

내부에 유경행독수지사면 의궁가이방지하고 시절존문하여

以修禮意

이수예의니라.

현인을 천거하는 것은 수령의 직책이다. 비록 고금의 이 제도가 똑같지는 않더라도 현인을 천거하는 일을 잊어서는 안 된다.

경영과 행정 능력이 뛰어난 인재의 천거는 항상 나라에서 정한 법이니 한 고을의 능력 있는 인재를 덮어두어서는 안 된다.

과거는 과목별로 나누어 천거한다는 뜻이다. 지금은 그 법이 없어졌지만 천거의 질서가 무너져 폐단이 극도에 이르렀다. 폐단이 극도에 이르면 고쳐지는 법이지만 천거함의 공정성을 위해 목민관으로서 마땅히 힘써야 할 것이다.

중국의 과거법은 지극히 상세하고 치밀하니 그것을 본받아 행한다면 목민관의 직무를 잘 수행했다고 볼 수 있다. 지방에서 인재를 천거하는 일이 비록 국법은 아니더라도 문학하는 선비를 추천장에 기록해 올려야 하며 구태여 법에 구애될 것이 없다.

고을 안에 학행을 독실하게 닦는 선비가 있으면 마땅히 몸소 찾아가 그를 맞이하고 계절에 따라 방문함으로써 예를 닦아야 한다.

*거현(擧賢): 어진 이를 천거함.

*향공(鄕貢): 지방에서 인재를 천거함.

제5조 찰물(察物)_ 물정을 엄밀하게 사찰함

牧 孑然孤立 一榻之外 皆欺我者也
목은 혈연고립이라 일탑지외에는 개기아자야니라.

明四目 達四聰 不唯帝王然也
명사목하고 달사총은 불유제왕연야라.

缿筩之法 使民重足側目 決不可行 鉤鉅之問
항통지법은 사민중족측목이니 결불가행하며 구거지문도

亦近譎詐 君子 所不爲也
역근휼사니 군자는 소불위야니라.

每孟月朔日 下帖于鄕校 以問疾苦 使各指陳利害
매맹월삭일에 하첩우향교하여 이문질고하고 사각지진이해하라.

子弟親賓 有立心端潔 兼能識務者 宜令微察民間
자제친빈에 유립심단결하고 겸능식무자어든 의령미찰민간이니라.

목민관은 외롭게 고립되어 있으니 자신이 앉은 자리 외에는 모두 수령을 속이려 하는 자들뿐이다. 눈을 밝게 떠 사방을 바라보고, 귀를 기울여 주위의 소리를 듣는 것은 오직 제왕만이 그렇게 하는 것은 아니다.

투서함을 설치하는 방법은 백성들로 하여금 걸음을 무겁게 하고 서로 눈치를 살피게 함이니 결코 행해서는 안 되며, 유도 신문도 갈고리로 남의 마음속을 긁는 것 같은 질문으로 간사한 속임수에 가까운 것이니 군자가 할 짓이 아니다. 해마다 정월 초하루면 향교에 통첩을 보내 백성의 고통을 묻고 각각의 내막을 들어 잘잘못이 있음을 이해 시킨 다음 질문에 답하도록 해야 한다. 자제의 친한 친구 가운데 마음가짐이 단정하고 깨끗함을 겸했으며 아울러 일을 잘 처리할 자가 있다면 마땅히 민간의 일을 살피도록 하는 것이 좋다.

首吏權重　壅蔽弗達　別岐廉問　不可已也

수리권중하여 옹폐불달이니 별기염문을 불가이야니라.

凡細過小疵　宜含雖藏疾　察察非明也　往往發奸

범세과소자를 의함구장질이니 찰찰비명야라 왕왕발간하여

其機如神　民斯畏之矣

기기여신이면 민사외지의니라.

左右近習之言　不可信聽　雖若閑話　皆有私意

좌우근습지언은 불가신청한데 수약한화라도 개유사의요

微行 不足以察物 徒以損其體貌 不可爲也
미행은 부족이찰물이며 도이손기체모이며 불가위야라.

監司廉問 不可使營吏營胥 凡行臺察物
감사염문은 불가사영이영서며 범행대찰물은

唯漢刺史六條之問 最爲牧民之良法也
유한자사육조지문이 최위목민지양법야니라.

우두머리 아전(首吏)의 권한이 무거워서 그로 인해 수령의 총명이 가려지고 백성의 실정이 수령에까지 미치지 못하는 일이 생길 수도 있으므로 따로 사람을 두어 수리의 뒷조사를 해봐야 한다.

무릇 가벼운 과실이나 조그마한 흠은 마땅히 덮어둘 것이니 샅샅이 밝혀냄은 현명치 못하다. 가끔 부정을 적발하되 일처리를 귀신과 같이 한다면 백성들이 두려워한다.

좌우에 가까이 있는 사람들의 말을 그대로 믿어서는 안 된다. 비록 그냥 내던지는 말 같지만 모두 사사로운 뜻이 들어 있기 때문이다. 미행이란 물정을 살피는 데 흡족치 못한 것이며 한갓 체면만을 손상할 뿐이니 할 것이 못 된다.

감사가 염문하고자 할 때에는 감영의 아전이나 서리를 시켜서는 안 된다. 무릇 감사나 어사가 물정을 살필 때는 오직 한나라 자사의 육조의 물음을 참고로 하여 백성을 다스리는 것이 가장 좋은 방법일 것이다.

*명사목(明四目): 사방을 보는 눈.　*榻 -의자 탑.

*달사총(達四聰): 사방의 말을 듣는 밝은 귀.

*항통(缿筩): 대나무통 투서함.　*缿-항아리 항.

*중족측목(重足側目): 안절부절 불안에 떪.

*구거지문(鉤鉅之問): 유도 신문.

*휼사(譎詐): 간사하게 속임.

*맹월(孟月): 사계의 첫 달.

*첩문(帖文): 수령이 향교 유생에게 가르침을 주는 글.

*옹폐(壅蔽): 막아 가림.

*행대(行臺): 지방을 순찰하는 관원. 감사나 어사.

*자사(刺史): 지방관의 하나.

제6조 고공(考功)_엄정하게 성적을 평가

吏事必考其功　不考其功　則民不勸矣　國法所無

이사필고기공이니 불고기공이면 즉민불권의니라. 국법소무를

不可獨行　然　書其功過　歲終考功　以議施賞

불가독행이나 연이 서기공과라야 세종고공으로 이의시상하면

猶賢乎已也

유현호이야니라.

六期爲斷　官先久任　而後可議考功　如其不然

육기위단하여 관선구임하면 이후가의고공이며 여기불연이면

唯信賞必罰　使民信令而已

유신상필벌로 사민신령이이니라.

監司　考功之法　因可議也　疏略旣然　無以責實

감사는 고공지법으로 인가의야니라. 소략기연하여 무이책실이면

奏改其式　抑所宜也

주개기식이 억소의야니라.

아전이 한 일도 반드시 그 공적을 따져야 한다. 그 공적을 따지지 않는다면 백성을 위해 힘써 일하려 하지 않는다. 국법에 없는 것을 독단적으로 행할 수는 없다. 하지만 그 공과를 기록했다가 연말에

공적에 따라 상 줄 것을 의논한다면 오히려 그만두는 것보다 나을 것이다.

수령의 임기를 6년으로 정해서 우선 한자리에 오래 부임하게 한 후에야 그 공로를 논의할 수 있는 것이다. 그렇지 않다면 오직 상과 벌을 분명하게 해서 백성들로 하여금 공로와 허물을 믿도록 할 따름이다. 감사가 공로를 조사하는 것도 법에 따라서 의논할 수 있다. 그 고공의 방법이 매우 허술해서 실효를 거두기 어려우면 임금께 아뢰어 그 방식을 고치는 것이 좋다.

*고공(考功): 공과를 매김.

*세종(歲終): 연말.

*구임(久任): 오래 재임.

*소략(疏略): 성기고 간략함.

*책실(責實): 사실대로 할 것을 책임지움.

제6장
호전육조(戶典六條)

제1조 전정(田政)_전답에 관한 정치

牧之職　五十四條 田政最難　　以吾東田法　本自未善也

목지직의 54조에서　전정최난이라 이오동전법이 본자미선야라.

時行田算之法　乃有 方田 直田 句田 梯田 圭田 梭田

시행전산지법은 내유 방전 직전 구전 제전 규전 사전

腰鼓田　諸名　　其推算打量之式　仍是死法

요고전　제명이나 기추산타량지식은 잉시사법으로

不可通用於他田

불가통용어타전이니라.

改量者　田政之大擧也　　査陳覈隱　　以圖苟安

개량자는 전정지대거야니라. 사진핵은하고 이도구안하되

如不獲已　　黽勉改量　　其無大害者　悉因其舊

여불획이하고 민면개량하라. 기무대해자는 실인기구하고

釐其太甚　　以充原額　　改量條例　每有朝廷所頒

이기태심하여 이충원액하라. 개량조례는 매유조정소반이니

其中要理　須申明約束

기중요리는 수신명약속이니라.

量田之法　下不害民　　上不損國　　唯其均也

양전지법은 하불해민하고 상불손국하여 유기균야요

목민관의 직책 54조 가운데 전답에 관한 정치가 가장 어렵다. 이것은 우리나라의 전법이 본래부터 잘 되지 않았기 때문이다. 요즈음 전답을 계산하는 법에는 방전, 직전, 구전, 제전, 규전, 사전, 요고전 등의 여러 가지 명칭이 있는데 그 미루어 계산하고, 측량하는 방식은 이미 쓸모 없는 법으로서 다양한 모양을 가진 밭에 일일이 맞추어 쓸 수가 없다.

전답 측정법을 새롭게 고치는 것은 전정의 큰일이다. 묵은 전답을 조사하고 숨은 결을 캐내어 임시방편적이나마 일을 도모하되 그것도 제대로 되지 않을 때에는 힘써 개량해야 한다.

그러나 큰 해가 없는 것은 모두 예전 것을 따르고 피해가 너무 심한 것만을 바로 잡아서 원래 액수대로 충당하도록 한다.

개량 조례는 늘 조정에서 반포하는 것이 있으니 그중의 중요한 것은 조례에 따르겠다는 것을 백성들과 명백하게 약속을 해야 한다.

논밭을 측량하는 법은 아래로는 백성을 해치지 않고 위로는 나라에 손실을 끼치지 않으면서 오직 공평하게 해야 할 것이다. 그러나 먼저 적임자를 선정해야 이 일을 논의할 수 있다.

唯先得人　　乃可議也

유선득인이라야 내가의야니라.

畿田雖瘠　　本旣從輕　　南田雖沃　　本旣從重

기전수척이나 본기종경하며 남전수옥이나 본기종중이니

凡其負束　悉因其舊

범기부속은 실인기구니라.

唯陳田之遂陳者　明其稅額過重　　不可不降等也

유진전지수진자는 명기세액과중하니 불가불강등야니라.

陳田降等　　字號變遷　　民將多訟　　凡其變者

진전강등하여 자호변천이면 민장다송이니 범기변자는

悉給牌面　　總之量田之法　莫善於魚鱗爲圖　以作方田

실급패면하고 총지량전지법은 막선어어린위도로 이작방전인데

須有朝令　　乃可行也

수유조령이라야 내가행야니라.

陳者　田政之大目也　陳稅多冤者　不可不查陳也

진자는 전정지대목야라 진세다원자니 불가불사진야니라.

陳田起墾　不可恃民　　牧宜至誠勸耕　　又從而助其力

진전기간은 불가시민이요 목의지성권경하고 우종이조기력이니라.

隱結　餘結　歲增月衍　　宮結　屯結　歲增月衍
은결과 여결은 세증월연하며 궁결과 둔결도 세증월연하며

而原田地稅于公者　歲減月縮　　將若之何也
이원전지세우공자는 세감월축하니 장약지하야리오.

경기의 전지는 척박하므로 본래 그 세를 가볍게 책정했고, 남쪽 지방의 전지는 비옥하므로 세가 무겁게 책정되었으니 그 부담과 약속을 옛날의 법대로 따라야 할 것이다. 오직 묵은 전답에 세를 부과함은 그 세액의 과중함이 분명하니 세를 크게 낮추어야 한다. 진전을 강등해서 전답에 매겨진 자호가 변경되면 혹시 개인의 자산을 잃을까 겁을 먹은 백성의 송사가 빗발칠 것이니 모두 토지소유 증명서를 발급하여 안심시키도록 한다.

양전의 법은 물고기의 비늘처럼 촘촘하게 어린도로 방전을 만드는 것보다 더 좋은 것은 없다. 하지만 모름지기 조정의 명령이 있어야 시행할 수가 있다.

묵힌 전지를 조사하는 것은 전정의 커다란 항목 가운데 하나이다. 많은 사람들이 진세의 억울함을 호소하고 있으니 묵은 전답의 조사를 게을리해서는 안 된다.

진전의 개간은 백성들에게만 맡겨서는 안심할 수 없으므로 수령이 직접 나서서 성심껏 경작을 권유하고, 아울러 그 힘을 북돋워 주어야 한다.

숨은 토지와 토지대장에 누락된 전답은 달마다 해마다 늘어나고, 궁궐에 소속된 토지와 군사들이 여가로 짓는 토지만이 달마다 해마다 늘어나 국고가 시간이 갈수록 줄어드니 이를 장차 어찌할 것인가.

*전법(田法): 고려 조선시대 토지 측량법인 양전법.

*방전(方田): 네모 반듯한 논밭.

*직전(直田): 직사각형 모양의 논밭.

*구전(句田): 토막난 논밭.

*제전(梯田): 비탈에 사다리처럼 층층이 일군 논밭.

*규전(圭田): 이등변 삼각형 모양의 논밭.

*사전(梭田): 고구마처럼 가운데는 넓고 양쪽 끝이 뾰족한 논밭.

*요고전(腰鼓田): 장구처럼 가운데가 잘룩한 논배미. 장구배미.

*사진핵은(査陳覈隱): 묵힌 전답과 숨겨진 전답을 조사해 찾아냄.

*패면(牌面): 토지 증명서.

*여결(餘結): 토지대장에 기재되지 않은 토지.

*궁결(宮結): 궁궐에 소속된 토지.

*둔결(屯結): 군사들이 여가에 짓는 토지.

제2조 세법(稅法)_ 세무에 관한 행정은 밝게

田制旣然　稅法隨紊　失之於年分　失之於黃豆

전제기연이니 세법수문이라 실지어년분에서 실지어황두하니

而國之歲入無幾矣　執災俵災者　田政之末務也

이국지세입무기의니라. 집재표재자는 전정지말무야니라.

大本旣荒　條理皆亂　雖盡心力而爲之　無以快於心也

대본기황하고 조리개란하여 수진심역이위지라도 무이쾌어심야니라.

書員出野之日　召至面前　溫言以誘之　威言而怵之

서원출야지일에 소지면전하여 온언이유지하고 위언이출지하며

至誠惻怛　有足感動　則不無益矣

지성측달하여 유족감동이면 즉불무익의리라.

大旱之年　其未移秧踏驗者　宜擇人任之　其報上司

대한지년에 기미이앙답험자는 의택인임지하고 기보상사에는

宜一遵實數　如或見削　引咎再報

의일준실수하고 여혹견삭이면 인구재보니라.

俵災亦難矣　若其所得　少於所執　平均比例　各減幾何

표재역난의이니 약기소득이 소어소집은 평균비례하여 각감기하하라.

俵災旣了　乃令作夫　其移來移去者　一切嚴禁

표재기료면 내령작부하여 기이래이거자를 일체엄금하고

其徵米之簿 許令從便

기징미지부는 허령종편하라.

논밭에 관한 제도가 이미 정돈되어 있지 않으니 세법 또한 문란하다. 작황의 등급과 콩에서 손실을 보니 나라의 세입이 얼마 되지 않는다. 재해의 실황을 조사하여 세금을 감면해 주거나 재해 조사를 근거로 조세를 감면해 주는 것은 전정에서 맨 마지막에 시행하는 임무이다. 큰 근본이 이미 거칠어지고 일의 질서와 체계가 모두 문란하여 비록 마음과 힘을 다 기울인다 하더라도 만족하게 될 수는 없다. 세금을 징수하는 아전이 들에 나가는 날에는 면전으로 불러 놓고 부드럽고 따뜻한 말로 달래기도 하고 위엄 있는 말로 겁을 주기도 하면서 지극히 정성스럽게 대하여 감동시킬 수 있다면 부정스러운 일을 저지르지 않을 것이다.

큰 가뭄이 든 해에 미처 모내기를 하지 못한 논을 돌아다니며 조사할 때는 마땅히 적임자를 찾아 맡겨야 한다. 상사에게 재해의 결과를 보고할 때는 마땅히 실황에 따라야 하고 만일 삭감을 당하게 되면 스스로 책임을 지고 다시 보고해야 한다. 재난이나 흉년이 든 때에 피해에 따라 조세를 고르게 감함은 어려운 것이다. 만약 그 소득이 인정했던 것보다 적을 때는 비례대로 평균하여 각각 얼마씩을 감하도록 한다. 표재가 이미 끝났으면 곧 세금 징수자에게 명하여 그들이 이사 오가는 것을 일체 엄금토록 하고 쌀을 징수하는 장부는 편리한 방법에 따라 작성하도록 한다.

奸吏猾吏　潛取民結　移錄於除役之村者　明查嚴禁
간리활리가 잠취민결하여 이록어제역지촌자를 명사엄금하라.

將欲作夫　先取實戶　別爲一冊　以充王稅之額
장욕작부면 선취실호하고 별위일책하여 이충왕세지액하면

作夫之簿　厥有虛額　參錯其中　不可不查驗
작부지부에 궐유허액이면 참착기중하여 불가불사험이니라.

作夫既畢　乃作計版　計版之實　密察嚴覈
작부기필이면 내작계판하여 계판지실은 밀찰엄핵하고

計版既成　條列成冊　頒于諸鄉　俾資後考
계판기성이면 조렬성책하여 반우제향하여 비자후고하라.

計版之外　凡田役尚多
계판지외에도 범전역상다리라.

故羨結之數　不可不定　　桔總旣羨　　田賦稍寬矣
고연결지수를 불가불정이니 결총기연이면 전부초관의니라.

간사하고 교활한 아전이 몰래 백성의 결세를 따서 부역을 면제한 마을로 옮겨 기록한 것이 있을는지도 모르니 명확하게 조사하여 엄금해야 한다.

장차 세금을 받아들이고자 하면 먼저 넉넉한 집을 파악하고 따로 한 책을 만들어 국세의 액수에 충당해야 한다. 작부한 장부에 거짓 액수가 기재될 수도 있으므로 그 내용을 조사하지 않으면 안 된다. 작부가 이미 끝났으면 곧 세액의 비율을 정하여야 하는데 계판의 내용은 세밀하고 엄하게 살피고 밝혀내야 한다. 계판이 이미 이루어졌으면 조목조목 열거하여 책을 만들어 여러 마을에 나누어 주어 후일에 참고하게 한다. 계판에 실린 세액 밖에도 전액이 아직도 많으므로 나머지의 수를 정하지 않을 수 없으며 총 결수에서 여유가 있으면 세금 부담은 다소 덜어질 수 있을 것이다.

正月開倉　　其輸米之日　牧宜親受
정월개창하여 기수미지일은 목의친수니라.

將開倉 榜諭倉村 嚴禁雜流

장개창에는 방유창촌 엄금잡류하라.

雖民輸愆期 縱吏催科 是猶縱虎於羊欄 必不可爲也

수민수건기라도 종리최과하면 시유종호어양란이니 필불가위야라.

其裝發漕轉 並須詳檢法條 恪守毋犯

기장발조전은 병수상검법조하여 각수무범하라.

宮田屯田 其剝割太甚者 察而寬之

궁전둔전으로 기박할태심자는 찰이관지라.

南北異俗 凡種稅 或田主納之 或佃夫納之

남북이속이니 범종세는 혹전주납지하고 혹전부납지하니

牧惟順俗而治 俾民無怨

목유순속이치하여 비민무원이니라.

西北及關東畿北 本無田政 惟當按籍 以循例 無所用

서북급관동기북은 본무전정이니 유당안적하여 이순례이며 무소용

心也

심야니라.

火粟之稅 按例比總 唯大饑之年 量宜裁減

호속지세는 안례비총하고 유대기지년에 양의재감하여

大敗之村　量宜裁減
대패지촌에 양의재감이니라.

정월에 창고를 열고 세미를 받는데 쌀을 수송하는 날에는 수령이 몸소 받아들임이 좋을 것이다. 창고를 열려 할 때에는 마을에 방을 붙여 잡상인이 접근하는 것을 엄히 금해야 한다. 비록 백성들이 수납 기일을 어겼더라도 아전을 풀어 독촉한다면 이는 양떼의 우리에 호랑이를 풀어놓음과 같으니 절대 해서는 안 된다. 육로로 수송하거나 배로 수송하거나 모두 모름지기 법조문을 상세히 검사해 엄격히 지켜 법에 어긋남이 없어야 한다.

궁전과 둔전의 경우에도 과세가 심히 무거울 경우에는 잘 살펴서 너그럽게 해주어야 한다. 남북이 풍속이 다르니 무릇 종자나 세금은 혹 전주가 바치기도 하고 소작인이 바치기도 하는데 수령은 오직 풍속을 따라서 다스려야 하며 백성들이 원망함이 없도록 해야 한다. 서북지방이나 관동, 경기 북쪽지방은 본래 전정이 없는 것이니 오직 전적을 고찰하고 관례를 따를 뿐 달리 마음을 쓸 것이 없다. 화전에서 나오는 세금은 관례에 따라 세액 총수와 비교해 정하고, 오직 크게 기근이 든 해에는 재량해서 감해 주어야 하고, 크게 황폐

한 마을에만 적당하게 견감할 것이다.

*연분(年分): 해마다 토지 세금에 매기는 등급.

*집재(執災): 재해를 입은 전답에 대해 세를 감면해 주는 일.

*표재(俵災): 재해를 입은 집에 세금을 감면해 주는 일.

*답험(踏驗): 실지 답사하여 조사함.

*작부(作夫): 세금을 거두어 들이는 한 방법.

*종편(從便): 편의에 따름.

*제역지촌(除役之村): 부역을 면제받은 마을.

*참착(參錯): 어긋남.

*밀찰엄핵(密察嚴覈): 세밀하고 엄격하게 살펴 조사함.

*覈 -조사할 핵.

*연결(羨結): 남은 결수. 羨-남을 연, 부러워할 선.

*건기(愆期): 기일을 어김.

*조전(漕轉): 뱃길로 곡식을 운반함.

*화속세(火粟稅): 화전에서 받는 세.

제3조 곡부(穀簿)_ 곡물 장부

還上者　社倉之一變　非糶非糴　爲生民切骨之病

환상자는 **사창지일변**이니 **비조비적**이로되 **위생민절골지병**이니

民劉國亡　呼吸之事也　還上之所以弊는 其法本亂也

민유국망하며 **호흡지사야**니라. **환상지소이폐**는 **기법본란야**며

本之旣亂　何以末治　上司貿遷　大開商販之門

본지기란한데 **하이말치**리오. **상사무천**하여 **대개상판지문**이니

守臣犯法　不足言也

수신범법은 **부족언야**니라.

관아에서 춘궁기에 식량을 꾸어 주고 가을에 이자를 붙여 받아들이는 환상이란 흉년에 백성을 구제하기 위해 설치한 사설 창고가 변한 것인데 곡식을 내어주는 것도 아니고, 곡식을 받아들이는 것도 아니면서 민생의 뼈를 깎는 병폐로 되어 있으니 이러다간 백성이 죽고 나라가 망하며 숨을 쉴 수 없는 일이다. 환상이 병폐가 되는 까닭은 그 법이 본래 어지럽기 때문이다. 그 근본이 이미 어지러운데 어찌 그 끝이 다스려질 것인가. 상사가 무역하는 일을 맡아 크게 상점의 문을 열고 있으니 수령이 법을 범하는 것은 더 말할 것이 못된다.

守臣飜弄　　竊其贏羨之利　胥吏作奸　不足言也

수신번롱하여 절기영연지리니 서리작간은 부족언야니라.

上流旣濁　　下流難淸　　胥吏作奸　無法不具

상류기탁이니 하류난청이라. 서리작간은 무법불구하여

神姦鬼滑　無以昭察　　弊至如此　非牧之所能救也

신간귀활을 무이소찰하여 폐지여차면 비목지소능구야니라.

惟其出納之數　分留之實　牧能認明　　則吏橫未甚矣

유기출납지수와 분유지실을 목능인명하면 즉이횡미심의리라.

수령이 농간을 부려 그 남은 이익을 훔쳐 먹으니 아래의 아전들이 간교한 짓을 부리는 것은 더 말해 무엇하겠는가? 윗물이 이미 흐리니 아랫물이 어찌 맑을 수 있겠는가. 아전이 작간하는 방법은갖출 대로 갖추어져서 귀신같은 농간을 밝혀낼 길이 없다. 폐단이 이에 이르면 올바른 마음을 먹은 수령이라 할지라도 구할 길이 없다. 오직 그 출납하는 수량과 각 창고에 나누어 간직한 실제 수량만이라도 수령이 밝힐 수 있다면 아전들의 횡포가 심하지 못할 것이다.

每四季磨勘之還 其回草成帖者 詳認事理 不可委之於
매사계마심지환하여 기회초성첩자는 상인사리이니 불가위지어

吏手 凶年停退之澤 宜均布萬民 不可使逋吏專受也
리수리라. 흉년정퇴지택은 의균포만민이요 불가사포리전수야니라.

若夫團束簡便之規 惟有經緯表 一法眉列掌示
약부단속간편지규는 유유경위표하여 일법미열장시하고

瞭然可察 頒糧之日 其應分應留 查驗宜精
요연가찰이니라. 반량지일에 기응분응유는 사험의정하며

須作經緯表 瞭然可察 凡還上 善收而後 方能善頒
수작경위표하여 요연가찰이니라. 범환상은 선수이후라야 방능선반이니

其收未善者 又亂一年 無救術也
기수미선자면 우란일년하여 무구술야니라.

사계절마다 환곡을 마감하고, 그 초안을 검토하고, 문서를 만드는 일은 목민관이 내용을 자세히 알아야 하므로, 아전들의 손에 맡겨서는 안 된다. 흉년에 곡식 받아들이는 것을 멈추거나 기일을 늘려주는 혜택은 만백성이 고루 받게 할 것이지 절취하는 아전들만 혜택을 주어서는 안 된다. 무릇 단속을 간편하게 하는 법은 오직 경

위표를 작성하여 눈앞에 손바닥 보듯 환하게 살필 수 있도록 하는 것이다. 곡식을 나누어 주는 날에는 그 응당 나눠줄 것과 남겨 둘 것은 마땅히 정밀하게 점검해야 하며 모름지기 경위표를 작성하여 분명히 살피도록 하고, 무릇 환상은 잘 거두어들인 후에야 바야흐로 잘 나누어 줄 수 있는 것이다. 그 거두어들이는 것을 잘하지 못한다면 또 일 년을 허비하여 구제할 방법을 잃게 될 것이다.

其無外倉者　牧宜五日一出　親受之　如有外倉

기무외창자는 목의오일일출하여 친수지하며 여유외창에는

唯開倉之日　親定厥式　凡還上者　雖不親受

유개창지일에 친정궐식이니라. 범환상자는 수불친수라도

必當親頒　一升半龠　不宜使鄕丞代頒

필당친반이요 일승반약을 불의사향승대반하고

巡分之法　不必拘也

순분지법에 불필구야니라.

凡欲一擧而盡頒者　宜以此意　先報上司　收糧過半

범욕일거이진반자는 의이비의를 선보상사니라. 수량과반하여

忽有糶錢之令　宜論理防報　不可奉行

홀유조전지령이면 의론리방보하여 불가봉행이니라.

災年之代收他穀者　別修其簿　隨卽還本　不可久也
재년지대수타곡자는 별수기부하고 수즉환본하며 불가구야니라.

외따로 마련한 창고가 없는 데서는 수령이 마땅히 닷새에 한 번씩 나가 친히 받을 것이며, 외창이 있을 때는 창고를 여는 날에만 친히 거두어 들이는 방식을 정해 주고 무릇 환상은 비록 친히 받아들이지 않더라도 반드시 친히 나눠줘야 하며 한 되 반 홉이라도 향승으로 하여금 대신 나눠주게 하는 것은 좋지 않다. 몇 차례 나누어 주는 방식에 구애될 것은 없다. 무릇 한 번에 모두 나눠주고자 할 때에는 마땅히 이 뜻을 먼저 상사에 보고해야 한다. 수량을 절반 넘게 거둬들였는데 문득 돈으로 거두라는 영이 내려진다면 마땅히 이치를 따져 거절해야 하며 봉행해서는 안 된다. 재해가 든 해에 다른 곡식을 대신 거둔 것은 따로 장부를 만들어 놓고 곧 본래의 곡식으로 돌릴 것이며 오래 그대로 두어서는 안 된다.

基有山城之穀　爲民痼瘼者　蠲其他徭　以均民役
기유산성지곡은 위민고막자니 견기타요하여 이균민역하라.

其有一二士民私乞　倉米　謂之別還　不可許也　歲時頒糧
기유일이사민사걸이 창미를 위지별환이니 불가허야니라. 세시반량은

惟年荒穀貴 乃可爲也 其或民戶不多 而穀簿太溢者

유년황곡귀라야 내가위야니라. 기혹민호부다인데 이곡부태일자는

請而減之 穀簿太少 而接濟無策者 請而增之

청이감지하고 곡부태소하여 이접제무책자는 청이증지니라.

外倉儲穀 宜計民戶 使與邑倉 其率相等 不可委之下吏

외창저곡은 의계민호하여 사여읍창과 기율상등하여 불가위지하리하여

任其流轉 吏逋不可不發 徵逋不可太酷

임기유전이니라. 이포불가불발이나 징포불가태혹하고

執法宜嚴峻 慮囚宜哀矜

집법의엄준이나 여수의애긍이니라.

或捐官財 以償逋穀 或議上司 以蕩逋簿

혹연관재하여 이상포곡하거나 혹의상사하여 이탕포부는

乃前人之德政 刻迫收入 非仁人之所樂也

내전입지덕정이니 각박수입은 비인인지소락야니라.

산성에 곡식이 있는 것은 백성의 고질적인 병폐로 되니, 그 밖의 부역을 덜어줘 백성의 노역을 고르게 해야 한다. 한 두 사람의 선비들이 사사로이 창고의 쌀을 구걸하는 것을 별환이라 하는

데 이를 허락해서는 안 된다. 명절에 곡식을 나눠주는 것은 오직 흉년이 들어 곡식이 귀할 때만 해야 하고 혹 민호가 많지 않은데 곡식 장부에 적힌 수량이 너무 넘치는 경우는 상부에 청하여 감하도록 하고 곡식 장부에 적힌 수량이 너무 적어 구휼할 방책이 없는 경우는 상부에 청하여 이를 늘리도록 해야 한다.

외창에 곡식을 저장하는 것은 마땅히 민호를 계산해서 고을의 창고와 그 비율에 맞게 해야 하며 하급 아전에게 맡겨 마음대로 융통하도록 해서는 안 된다. 아전이 관의 재물을 사사로이 사용하는 것은 다시 모아 거두어야 하나 포흠의 징발을 너무 가혹하게 하면 안 되고 법을 집행하는 것은 마땅히 엄준하여야 하나 죄수를 생각할 때에는 마땅히 불쌍히 여겨야 한다.

혹 관의 재물을 덜어서 포흠한 곡식을 갚아 주기도 하고 혹 상사와 의논해서 포흠 장부를 탕감하여 주는 것은 예로부터 전해 오는 어진 정치이므로 각박하게 거두어들이는 것은 어진 사람의 즐겨 하는 바가 아니다.

*환상(還上): 춘궁기에 곡식을 꾸어 주었다가 가을에 이자를 얹어 받아 내는 일.

*사창(社倉): 백성을 구제하기 위해 설치한 창고.

*糶 -곡식 내줄 조. *糴 -곡식 받아들일 적.

*말치(末治); 근본 없이 끝만 다스림.

*무천(貿遷): 곡식을 무역함. *번롱(翻弄): 농간을 부림.

*영연(贏羨): 나머지. *소찰(昭察): 분명히 밝힘.

*회초성첩(回草成帖): 보고서의 초안을 적은 책자.

*조전(糶錢): 곡식을 팔아 돈으로 받음.

*방보 (防報): 상부의 명령을 시행하지 않음.

*고막 (痼瘼): 고질적 폐단.

*별환(別還): 혜택을 주는 환상.

*태일(太溢): 너무 많아서 넘침. *접제(接濟): 구제.

*이포(吏逋): 아전들이 축낸 재물.

*포흠(逋欠): 관청 물건을 사사로이 소비함 .

*저곡(儲穀): 저장된 곡식.

제4조 호적(戶籍)_ 인구 실태의 정확한 파악

戶籍者　諸賦之源　衆傜之本　戶籍均而後

호적자는 제부지원이며 중요지본이니 호적균이후라야

賦役均

부역균이라.

戶籍貿亂　罔有綱紀　非大力量　無以均平

호적무란하여 망유강기이면 비대역량으로는 무이균평이리라.

將整戶籍　先察家坐　周知虛實　乃行增減

장정호적이어든 선찰가좌하고 주지허실하여 내행증감이니

家坐之簿　不可忽也

가좌지부를 불가홀야니라.

戶籍期至　乃據此簿　增減推移　使諸里戶額

호적기지하면 내거차부하여 증감추이하고 사제리호액이

大均至實　無有虛僞

대균지실하여 무위허위하라.

호적은 나라의 부세와 모든 노역과 부역의 근원이며 근본이니 호적이 정비된 후라야 부세와 요역이 고르게 될 것이다. 호적이 문란하여 기강이 서지 않는다면 큰 힘을 들이지 않고서는 이를 고르게 할 수 없다. 장차 호적을 정비하려거든 먼저 집의 위치를 자세히 살펴 허와 실을 파악한 후에야 호수를 증감할 수 있으니 집 위치의 장부를 소홀히 해선 안 된다. 호적을 작성할 기한이 당도하면 이 가좌부에 의거하여 증감을 정비하고, 앞으로의 증감도 추이 해서 모든 고을의 호구 실태가 지극히 균등하고 정확히 해서 빈틈이 보이지 않도록 해야 한다.

新簿旣成　直以官令　頒總于諸里　嚴肅立禁令
신부기성이면 직이관령으로 반총우제리하여 엄숙입금령하여

無敢煩訴　若烟戶衰敗無　以充額者　論報上司
무감번소하라. 약연호쇠패무하여 이충액자는 논보상사하라.

大饑之餘　十室九室　空無以充額者　論報上司
대기지여에 십실구실하여 공무이충액자에도 논보상사하여

請減其額
청감기액하라.

若夫人口之米　正書之租　循其舊例　聽民輸納
약부인구지미나 정서지조는 순기구례하여 청민수납하고

其餘侵虐　並宜嚴禁
기여침학은 병의엄금하라.

增年者　感年者　冒稱幼學者　僞戴官爵者
증년자와 감년자와 모칭유학자와 위대관작자와

假稱鰥夫者　詐爲科籍者　並行査禁
가칭환부자와 사위과적자는 병행사금하라.

凡戶籍事目之自　巡營例關者　不可布告民間
범호적사목지자가 순영례관자는 불가포고민간이니라.

戶籍者　國之大政　至嚴至精　乃正民賦
호적자는 국지대정이니 지엄지정이라야 내정민부하고

今玆所論　以順俗也
금자소론은 이순속야니라.

五家作統　十家作牌　因其舊法　申以新約
오가작통하고 십가작패하되 인기구법하고 신이신약이면

則奸宄無所容矣
즉간궤무소용의니라.

새로운 호적이 작성되었으면 관의 명령으로 모든 고을에 반포하고 엄숙히 금령을 세워 감히 번거로운 송사가 일어나는 일이 없도록 해야 한다.

만약 민가가 줄어들어서 미리 정한 세액을 채울 수 없을 경우는 이를 상사에 보고하라. 크게 흉년이 들어 열 집이면 아홉 집이 비게 되어 액수를 채울 수 없을 때에도 상사에게 보고하여 그 액수만큼 줄이도록 청원하여야 한다. 인구미나, 정서조와 같은 것은 행해온 대로 따르도록 하여 백성들이 수납하는 대로 들어주고 그 밖의 백성을 침해하는 행위는 마땅히 엄금하여야 한다. 나이를 늘이거나 줄인 자, 벼슬하지 않았다고 꾸미거나 벼슬을 허위로 기재했거나 홀아비를 가칭한 자, 속여서 과거에 합격 서류를 만든 자는 아울러 조사해서 금하도록 하여야 한다. 무릇 호적에 관해 공사로 정한 규칙을 적은 관문은 민간에 알리지 않는 것이 감영의 전례이다. 호적은 나라의 큰 정책이니 지극히 엄중하고 정밀하여야만 백성의 부과되는 조세 정책을 바르게 펼 수 있다. 이제 여기에 논하는 것은 풍습에 순응하기 위한 것뿐이다.

다섯 집을 합쳐 통을 만들고 열 집으로 패를 만들되 옛 법에 기초를 두고 거기에다 새 규약을 덧붙인다면 간사하게 나쁜 짓을 하는 일들이 용납되지 못할 것이다.

*가좌(家坐): 집이 자리 잡고 있는 위치.

*연호(烟戶): 호구.

*십실구실(十室九室): 열 집 가운데 아홉 집이 비어 있음.

*모칭(冒稱): 거짓으로 일컬음.

*유학(幼學): 선비로서 벼슬하지 못한 자.

*순영(巡營): 감영.

제5조 평부(平賦)_ 부역을 공정하게

賦役均者　七事之要務也　凡不均之賦　不可徵

부역균자는 칠사지요무야니라. 범불균지부는 불가징이니

錙銖不均　非政也

치수불균이면 비정야니라.

田賦之外　其最大者　民庫也　或以田賦　或以戶賦　費用日廣

전부지외에 기최대자는 민고야라. 혹이전부나 혹이호부로 불용일광이니

民不聊生　民庫之例　邑各不同　其無節制

민불요생이니라. 민고지례는 읍각부동이니 기무절제하고

隨用隨斂者　其癘民尤烈　修其法例　明其條理

수용수렴자는 기여민우열이니라. 수기법례하고 명기조리하여

與民偕遵守之如國法　乃有制也　契房者　衆弊之源

여민해준수지여국법이라야 내유제야니라. 계방자는 중폐지원이요

群奸之竇　契房不罷　百事無可爲也

군간지두니 계방불파면 백사무가위야니라.

迺查宮田　迺查屯田　迺查校村　迺查院村

내사궁전하고 내사둔전하며 내사교촌하고 내사원촌하여

凡厥庇隱　踰其所田　悉發悉數　以均公賦

범궐비은이 유기소전이어든 실발실부하여 이균공부니라.

乃查驛村　乃查站村　乃查店村　乃查倉村

내사역촌하고, 내사참촌하며 내사점촌하고, 내사창촌하여

凡厥庇隱　匪中法理　悉發悉賦　以均公賦

범궐비은이 비중법리어든 실발실부하여 이균공부하라.

結斂　不如戶斂　結斂則本削　戶斂則工商苦焉

결렴은 불여호렴이라. 결렴즉본삭하고, 호렴즉공상고언하며

遊食者苦焉　厚本之道也　米斂　不如錢斂　其本米斂者

여식자고언이 후본지도야니라. 미렴은 불여잔렴하고, 기본미렴자는

宜改之爲錢斂　其巧設名目　以歸官囊者　悉行蠲減

의여지위전렴하라. 기공설명목하여 이귀관낭자는 실행견감하라.

乃就諸條　删其濫僞　以輕民賦

내취제조하여 산기남위하고 이경민부니라.

朝官之戶　蠲其徭役　不載於法典　文明之地　勿蠲之

조관지호를 견기요역은 부재어법전이니라. 문명지지는 물견지하고,

遐遠之地　權蠲之　大抵民庫之弊　不可不革　宜於本邑

하원지지는 권견지니라. 대저민고지폐는 불가불혁이니 의어본읍에서

思一長策　建一公田　以防斯役　民庫下記之

사일장책하여 건일공전으로 이방사역이니라. 민고하기지를

招鄕儒査檢　非禮也

초향유사검은 비예야라.

세금 부담을 공정하게 펴야 함은 목민관이 반드시 해야 할 일곱 가지 일 가운데 매우 중요한 임무 중의 하나이다. 무릇 고르지 못한 부과는 징수해서는 안 되거니와 조금이라도 고르지 않다면 올바른 정치가 아닌 것이다. 전지를 바탕으로 부과된 것 외에 가장 큰 것은 민고이다. 관청이 임시비로 쓰기 위해 마련한 창고를 채우기 위해 혹은 전답세나 호구세로 부과하는 비용이 날로 많아지니 백성들이 살아갈 길이 없다. 민고의 예는 고을마다 각각 다른데 무절제하게 소용되는 대로 마구 거둬들인다면 백성의 괴로움이 더욱 심할 것이다. 법례를 고쳐 조리를 밝혀서 백성들과 함께 국법처럼 지키게 되어야만 비로소 절제가 있을 것이다.

계방이란 모든 폐단의 근원이요 뭇 농간의 구멍이므로 계방을 없애지 않고서는 어떤 일도 할 수 없을 것이다.

궁전, 둔전, 향교 마을, 서원 마을 등을 조사하여 사실과 달리 은닉한 부분이 있거든 원래의 정액보다 초과된 소작되는 땅을 모조리 들추어내서 세금 부담을 고르게 하도록 해야 한다. 말을 기르거나 갈아타는 마을, 도자기 마을, 창고 마을 등을 조사해서 무릇 숨겨져 법에 어긋나는 것이 있거든 모조리 들추어내서 공부를 고르게 해야 한다.

쌀로 거둠은 돈으로 거둠만 같지 못하다. 결렴은 농민의 살을 깎는 것이며 호렴을 실시하면 상공인과 놀고 먹는 자들이 고통을 입으니 이것이 농민을 보호하는 방법이다. 쌀로 징수하는 것(미렴)은 돈으로 징수하는 것(전렴)만 못하다. 본래 미렴은 마땅히 전렴으로 고쳐야 할 것이다.

교묘하게 명목을 만들어서 관의 주머니만 채우던 것들은 모조리 없애 버려야 하며 그리고 여러 가지 조목들 가운데 함부로 꾸며댄 것들도 이를 깎아 없애 백성들의 부과를 가볍게 해야 할 것이다. 조정 관원의 집이라 하여 세금을 면제해 주라는 것은 법전에 있지 않다. 서울 근교의 문명한 지방에서는 면제해 줘서는 안 되고, 먼 시골에서 이를 면제해 주어야 한다. 대저 민고의 폐해는 고치지 않을 수 없음이니 마땅히 그 고을에서 영구적인 좋은 방책을 생각해 한군데 국가 소유의 논밭을 마련함으로써 백성의 부담을 덜어내야 할 것이다. 민고의 지출 기록은 수령이 서명한 것이므로 고을 유생을 불러다가 검사케 함은 예의를 깎일 뿐이다.

雇馬之法 國典所無 其賦無名 無弊者因之

고마지법은 국전소무하며 기부무명이니라. 무폐자인지하며

有弊者罷之 均役以來 魚鹽船稅 皆有定率

유폐자파지니라. 균역이래로 어염선세가 개유정률이러니

法久面弊 吏緣爲奸

법구면폐하여 이연위간이니라.

船有多等 道各不同 點船唯循舊例 收稅但察疊徵

선유다등하고 도각부동이니 점선유순구례하며 수세단찰첩징이니라.

魚稅之地 皆在海中 無以細察 唯期比總

어세지지는 개재해중이라 무이세찰이나 유기비총하여

時察橫徵 鹽稅本經 不爲民病 唯期比總 時察橫

시찰횡징이니라. 염세본경하여 불위민병하고 유기비총하여 시찰횡

斂

렴이니라.

土船 官船 魚商 鹽商 苔藿之商 厥有深寃 無處告訴

토선 관선을 어상 염상이나 태곽지상이 궐유심원하여도 무처고소는

邸稅是也 場稅, 關稅, 津稅, 店稅, 僧鞋, 巫女布 其有濫徵

저세시야니라. 장세, 관세, 진세, 점세, 승혜, 무녀포는 기유남징

者　察之
자를 찰지니라.

力役之征　在所愼惜　　非所以爲民興利者　不可爲也
역역지정은 재소신석하라 비소이위민흥리자는 불가위야니라.

其無名之物　出於一時之謬例者　亟宜革罷　　不可因也
기무명지물이 출어일시지유례자는 극의혁파하여 불가인야라.

或有助徭之穀　補役之錢　布在民間者　每爲豪戶所呑
혹유조료지곡과 보역지전이 포재민간자는 매위호호소탄이니

其可查拔者　徵之　　其不可追者　蠲而補之
기가사발자는 징지하고 기불가추자는 견이보지니라.

欲賦役之大均　　必講行戶布口錢之法　　　民生乃安
욕부역지대균이니 필강행호포구전지법이라야 민생내안이니라.

말을 세내는 법은 국법에도 없으며 또 그와 같은 부과는 명목이 없는 것이다. 폐단이 없는 것은 그대로 두고 폐단이 있는 것은 없애야 한다. 균역법이 제정된 이후로 어업, 염전, 선박 등 세금에 일정한 비율이 있었는데 법이 제정된 지 오래되자 폐단이 생겨 아전들이 농간을 부리게 되었다.

배에는 여러 등급이 있고, 도마다 각각 다르니 배를 점검할 때는 관례를 따라야 하며 세금을 중복 징수하는 일이 없도록 살펴야 한다. 어세의 부과대상은 바다 가운데 있어 샅샅이 살필 수 없으니 정기적으로 총액을 비교해서 징수할 것이며 함부로 징수하는 일이 없도록 해야 한다. 소금짓기에 부과되는 세금(염세)은 본래 가벼워서 백성들에게 큰 병폐가 되지 않고 정기적으로 총액을 비교해 지나치게 징수하는 일이 없는지 살펴야 한다. 개인 배나 관선을 이용하는 물고기장수, 소금장수, 김이나 미역장수들이 억울해도 호소할 길 없는 것에 정박한 포구에 내는 저세라는 것이 있다. 장세나 관문을 통과할 때 내는 관세, 나룻터의 진세, 점포세, 승려의 신발이나 무녀가 입는 피륙 등에 대한 세금에 대해 지나치게 징수하고 있는가도 살펴야 한다. 몸을 써야 하는 사역은 신중히 다루어야 하며 백성의 이익을 위하는 것이 아니면 해서는 안 된다.

아무런 명목도 없이 일시적 방편으로 정해진 관례는 곧 없애 버려야 하며 이에 따라서는 안 된다.

백성들을 도와준다는 명목으로 조성된 조요곡과 보역전이 민간에 깔린 것이 있으면 사기꾼들에게 집어 삼키는 바 되기 쉬우니 조사해서 가려낼 수 있는 것은 징수하고 추징할 수 없는 것은 탕감하고 별도로 보충해야 할 것이다.

부역을 크고 공평하게 하려고 하면 가호 단위로 군포를 징수하거나 아니면 돈으로 징수하는 호포법이나 구전법을 시행하는 것이 민생에 도움을 줄 것이다.

*칠사(七事): 수령의 직무 일곱 가지. 1,부역을 고르게 2.송사를 간결하게 3, 향교를 일으킴. 4, 호구(戶口)를 늘리는 일 5, 군역(軍役)을 닦는 일. 6,농경을 성하게 7, 악행을 그치게

*치수(錙銖): 아주 가벼운 무게. *錙-저울 치.

*계방(契房): 관의 경비를 충당하기 위하여 돈을 징수하고, 대신 부역을 면제해 주거나 다른 혜택을 주는 동네.

*교촌(校村): 향교가 있는 마을. 원촌(院村): 서원이 있는 마을.

*결렴(結斂): 전답의 결에 따라 거두는 세금.

*결(結): 조세를 셈하기 위한 논밭의 면적 단위.

*호렴(戶斂): 호구에 따라 거두는 세금. *蠲-감할 견.

*본삭(本削): 농민만 가난해짐.

*유식자(遊食者): 놀고먹는 자.

*하기(下記): 돈 치른 기록.

*균역법(均役法): 조선 영조 때 서민의 세 부담을 덜어주기 위하여 실시 한 조세법. 조세를 감해 주는 대신 그 재정상 부족액을 어세, 염세, 선세, 등으로 충당하려 함.

*비총(比總): 세금의 총액을 정함.

*횡징(橫徵): 함부로 거둠.

*태곽(苔藿): 김과 미역. *藿 -미역 곽, 콩잎 곽.

*조요곡(助徭穀), 보역전(補役錢)은 백성들의 노역을 돕기 위한 명목으로 조성된 기금임.

제6조 권농(勸農)_ 농사를 권장

農者　民之利也　民所自力　莫愚者民　先王勸焉

농자는 민지리야니 민소자력이나 막우자민이니 선왕권언이니라.

古之賢牧　勤於勸農以爲聲績　勸農者　民牧之首務也

고지현목은 권어권농이위성적하니 권농자는 민목지수무야니라.

勸農之要　又在乎蠲稅薄征　以培其根地　於是墾闢矣

권농지요는 우재호견세박정하여 이배기근지이니 어시간벽의리라.

勸農之政　不唯稼穡　是勸　樹藝畜牧蠶績之事

권농지정은 불유가색하고 시권은 수예축목잠직지사도

靡不勸矣

미불권의니라.

農者　食之本桑者衣之本　故　課民種桑

농자는 식지본상자의지본하니 고로 과민종상은

爲守令之要務　作爲農器織器　以利民用　以厚民生

위수령지요무니라. 작위농기직기하여 이리민용이며 이후민생도

亦民牧之攸務也

역민목지유무야니라.

농사 짓는 것은 백성의 이익이니 백성 스스로가 힘쓸 바이다. 백

성들이 어리석어 농사짓는 법을 모르므로 선왕께서 이를 권장했던 것이다. 옛날 현명한 목민관은 부지런히 농사를 권장하는 것을 명예와 공적으로 삼았으니 농사를 권장하는 것은 목민관의 으뜸가는 임무인 것이다.

농사를 권장하는 중요 열쇠는 세금을 덜어 주고 가볍게 하여 근본을 북돋아 줌에 있다. 그렇게 하면 토지가 개간될 것이다. 농사를 권장하는 정책은 오직 곡식을 심고 가꾸는 것만을 권장함이 아니고 나무를 심고, 키우며 가축을 기르고, 누에를 치는 일 등도 권장해야 하는 것이다. 농사는 식생활의 근본이 되고 양잠은 입는 것의 근본이 되므로 백성들에게 뽕나무를 심어 가꾸게 함은 수령이 해야 할 중요한 임무이다. 이뿐만 아니라 농사짓는 기계와 베짜는 기계를 만들어 백성들로 하여금 사용토록 하여 백성들의 생활이 좀 더 편리하고, 넉넉하도록 해주는 것도 또한 목민관이 힘써야 할 일이다.

農以牛作　或自官給牛　或勸民借牛　亦勸農之恒務也
농이우작이니 혹자관급우와 혹권민차우도 역권농지항무야라.

徐氏農書　有牧牛諸方　備載治病之法　遇有牛疫
서씨농서에 유목우제방이면 비재치병지법이니 우유우역이어든

宜頒示民間　農以牛作　誠欲勸農　宜戒屠殺
의반시민간하라. 농이우작이니 성욕권농이면 의계도살하고

而勸畜牧
이권축목하라.

總之勸農之政　宜先授職　不分其職　雜勸諸業
총지권농지정은 의선수직하라 불분기직하고 잡권제업은

非先王之法也
비선왕지법야니라.

政之勸農　凡宜分六科　各授其職　各考其功
정지권농은 범의분육과하여 각수기직하고 각고기공하여

登其上第　以勸民業
등기상제하여 이권민업이니라.

每春分之日　下帖于諸鄕　約戶農事早晩考校賞罰
매춘분지일에 하첩우제향하여 약호농사조만고교상벌이니라.

농사는 소를 부려 짓는 것이니 관청에서 소를 지급한다든지 백성들에게 소를 빌려주는 일을 권장하는 것도 또한 권농하는 데 있어서 마땅히 힘써야 할 것이다.

『서씨농서』에 소를 기르는 여러 가지 방법이 기록되어 있으며 또 소의 질병을 고치는 법도 아울러 기재되어 있으니 소에 병이 유행되는 때를 당하거든 마땅히 이를 널리 민간에 반포해서 보도록 해야 한다. 농사는 소를 부려서 짓는 것이니 진실로 농사를 권장하려 한다면 마땅히 소를 도살하는 일을 경계하고 소를 기를 것을 권장하여야 한다.

총체적으로 권농하는 정책은 마땅히 먼저 직분을 결정해 주어야 한다. 직책을 나누어 주지 않고 여러 일과 뒤섞이게 하여 권장하는 것은 선왕의 법도가 아니다.

무릇 권농의 정책은 마땅히 여섯 과로 나누어서 그 직책을 맡기고 그 공적을 상세히 검토하여 우수한 자를 뽑아 백성의 생업을 권장하는 데 앞서게 해야 한다.

해마다 춘분날에는 여러 향리에 통첩을 내려 보내 농사의 빠르고 늦음을 따져서 상벌을 심사한다는 것을 약속하여야 한다.

*성적(聲績): 잘 다스린다는 칭송.

*가색(稼穡): 농사.

*잠적(蠶績): 양잠과 길쌈.

*권농의 정사 여섯 가지: 전정(田政), 세법(稅法), 곡부(穀簿), 호적(戶籍), 평부(平賦), 권농(勸農).

제7장
예전육조(禮典六條)

제1조 제사(祭祀)_ 정성을 다해 모심

郡縣之祀　三壇一廟　知其所祭　心乃有嚮　乃齋乃敬

군현지사는 삼단일묘니 지기소제면 심내유향하며 내재내경이니라.

文廟之祭　牧宜躬行　虔誠齋沐　爲多士唱

문묘지제는 목의궁행하여 건성재목하고 위다사창이니라.

廟宇有頹　壇壝有毁　祭服不美　祭器不潔

묘우유퇴하고 단선유훼하며 제복불미하고 제기불결하면

並宜修葺　無爲神羞

병의수즙하여 무위신수니라.

境內有書院　公賜其祭者　亦須虔潔　無失士望

경내유서원하여 공사기제자는 역수건결하며 무실사망이니라.

其有祠廟　在境內者　其修葺庇治　宜亦如之

기유사묘가 재경내자라도 기수즙비치하고 의역여지니라.

牲不瘠蠡　粢盛有儲　斯可曰賢牧也

생불척려하고 자성유저하면 사가왈현목야니라.

其或邑有淫祀　謬例相傳者　宜牲曉諭士民　以圖撤毁

기혹읍유음사가 유례상전자는 의성효유사민하니 이도철훼니라.

祈雨之祭　祈于天也　今之祈雨　戲慢褻瀆　大非禮也

기우지제는 기우천야로되 금지기우는 희만설독하니 대비예야니라.

祈雨祭文 宜自新製 或用舊錄 大非禮也
기우제문은 의자신제인데 혹용구록은 대비예야니라.

日蝕月蝕 其救蝕之禮 亦宜莊嚴 無敢戲慢
일식월식에 기구식지예는 역의장엄이니 무감희만이니라.

군현의 제사에는 사직단과 억울하게 죽은 영혼을 달래는 여단, 성황단 등 삼단이 있고, 공자의 사당을 모시는 일묘가 있다. 그 제사 지내는 의미를 알면 마음이 기울 것이며 마음이 기울면 이에 재계하고 공경하게 된다. 공자의 사당에 지내는 제사는 목민관이 몸소 거행하여야 하며 목욕재계하고 공경하며 정성을 다해 지냄으로써 많은 선비들의 본보기가 되어야 한다.

사당이 퇴락했거나 제단이 허물어진 곳이 있다든지 제복이 아름답지 못하고 제기가 깨끗하지 못하다면 마땅히 이를 보수하고 손질해서 신령을 공경하는 성의를 다해야 한다. 경내에 서원이 있어서 나라에서 내려준 제사를 할 때에도 또한 공경하고 정결히 하여 선비의 기대에 어긋나는 일이 없도록 해야 한다. 사당 경내에 있는 것도 마땅히 보수하고 관리를 철저히 해야 한다.

희생을 마르거나 병들게 하지 않고 제사에 온갖 정성을 기울이고 제수가 넉넉히 있다면 이를 어진 목민관이라고 말할 수 있다. 혹시 고을에 잘못된 관례로 전해 내려오는 내력이 바르지 못한 귀신을 모신 사당에 잡신의 제사가 있다면 선비나 백성들을 일깨워 이를 헐어 버리도록 해야 한다. 기우제는 하늘에 비는 것이다. 요즈음 기우제는 부질없는 장난으로 신을 모독하니 절대로 예가 아니다. 기우제의 제문은 자신이 새로 지어야 하는데 혹시 예전의 제문을 그대로 쓰는 것은 예가 아니다.

일식이나 월식 때의 옛날의 예절은 또한 마땅히 장중하고 엄숙해야 하며, 희롱 삼아 아무렇게나 하는 일이 없어야 한다.

*삼단일묘(三壇一廟): 삼단-사직단, 여단, 성황단.

*여단(厲壇): 못된 돌림병으로 죽은 귀신의 제단.

*여귀(厲鬼): 제사를 못 받는 귀신.

*일묘(一廟): 공자의 사당 -문묘(文廟).

*수즙(修葺): 수리함. *葺 -고칠 즙.

*생(牲)-희생(犧牲)-제단에 바치는 산 짐승, 소나 양 등.

*척려(瘠蠡): 마르거나 병듦. *蠡 -좀 먹을 려.

*粢-서직 자.

*서직(黍稷)은 수수과의 곡식 기장, 찰기장과 메기장으로 궁중제사 때 제수로 쓰임.

*음사(陰祀): 제사 지내서는 안 될 잡신.

*희만설독(戲慢褻瀆): 희롱하고 모독함.

제2조 빈객(賓客)_ 손님의 접대는 법도 있게

賓者　五禮之一　其餼牢諸品　已厚則傷財　已厚則失歡

빈자는 오례지일이니 기희뢰제품이 이후즉상재하고 이후즉실권하나니

先王爲之節中制禮　使厚者不得踰　薄者不得減

선왕위지절중제례하여 사후자불득유하고 박자불득감하여

其制禮之本　不可以不遡也

기제례지본에 불가이불소야니라.

古者燕饗之饌　原有五等　上自天子　下至三士　其吉凶所

고자연향지찬이 원유오등이니 상자천자로 하지삼사에 기길흉소

用　無以外是也

용은 무이외시야니라.

今監司巡歷　天下之巨弊也　此弊不革　則賦役煩重

금감사순역은 천하지거폐야니라. 차폐불혁이면 즉부역번중하고

民盡劉矣　內饌　非所以禮賓　有其實而無其名　抑所宜也

민진류의니라. 내찬은 비소이예빈이며 유기실이무기명은 억소의야니라.

監司廚傳之式　厥有祖訓　載在國乘　義當恪遵　不可毁

감사주전지식은 궐유조훈하고 재재국승이니 의당각준하여 불가훼

也

야니라.

一應賓客之饗 宜遵古禮 嚴定厥式

일응빈객지향은 의준고례하여 엄정궐식이요

法雖不立 禮宜常講 古之賢牧 其接待上官 不敢踰

법수불립이나 예의상강이니라. 고지현목은 기접대상관이 불감유

禮 咸有芳徽 布在方册

례이나 함유방휘는 포재방책이니라.

雖非上官 凡使星之時過者 法當致敬

수비상관이라도 범사성지시과자는 법당치경이요

其橫者勿受 餘宜恪恭 古人之內侍所過 猶或抗義

기횡자물수하고 여의각공이니라. 고인지내시소과라도 유혹항의하며

甚者 車駕所經 猶不敢虐民 以求媚

심자는 차가소경이라도 유불감학민하여 이구미하니라.

勅使接待 謂之支勅 支勅者 西路之大政也

칙사접대를 위지지칙이라 지칙자는 서로지대정야니라.

빈객 접대에 관한 예법은 다섯 가지 예법의 하나이다.

그 접대하는 물품이 너무 넉넉하면 재물을 낭비하는 것이 되고 너무 빈약하면 환대의 뜻을 잃게 된다. 그러므로 선왕이 그것을 절

충하여 예법에 맞도록 만들었는데 후한 자는 법도를 넘지 못하게 하고 박한 자는 줄이지 못하게 하였으니 그 예를 제정한 근본을 살펴 시행해야 할 것이다. 옛날 국빈을 모시는 잔치의 음식 차림에는 다섯 등급이 있었으니 위로는 천자로부터 아래로는 삼사에 이르기까지 그 길흉 간에 사용되는 것은 이 범위를 벗어나지 않았다. 오늘날에 있어서 감사가 관내를 순행하는 것은 천하의 큰 폐단이 되고 있다. 이 폐단을 고치지 않는다면 세금이 가중되어 백성들이 모두 고통에 허덕이게 될 것이다. 감사를 위해 특별히 만든 내찬을 내어 옴은 빈객을 대접하는 예법이 아니다. 그 실상은 있어도 명분이 없는 것은 이를 마땅히 억제해야 한다.

감사의 음식 대접하는 형식은 전래되는 예법이 있다. 전해 내려오는 훈계가 역사 책에 기재되어 있으니 마땅히 정성껏 준수하여 무너뜨리지 말아야 한다. 모든 빈객의 대접은 마땅히 옛 예에 따라 엄하게 그 법식을 정해야 한다. 법은 비록 마련되어 있지 않으나 예는 항상 좋은 방법과 계책을 마련해 시행해야 할 것이다. 옛날의 어진 수령은 그 상관을 대접하는데 감히 예를 넘지 않았으므로 그 아름다운 행적들이 널리 기록에 실려 있다.

비록 상관이 없더라도 무릇 나랏일로 지나가는 사신이 있을 때는 마땅히 법에 따라 극진히 공경해야 한다. 횡포 하는 자는 받아들이지 않을 것이나 그 외의 사신에게는 마땅히 공경을 다해야 할 것이다. 옛 사람은 임금을 곁에서 모시는 환관이 지나가는 데도 자신의 뜻을 굽히지 않았으며, 심한 자는 임금의 행차가 지나가는 데도 백성을 괴롭히면서까지 아부하려 들지 않았던 것이다. 칙사를 대접하는 것을 지칙이라 하는데 지칙은 서쪽 지방의 정사인 것이다.

*오례(五禮): 나라에서 행하는 다섯 가지 의례.
길례(吉禮)-모든 대사(大祀) 중사 소사 등 제사
흉례(凶禮)-본국 및 인접국의 국상, 국장
군례(軍禮)-출정 및 반사(班師): 군사를 이끌고 돌아옴
빈례(賓禮)-국빈의 영송(迎送)
가례(嘉禮)-책봉, 국혼

*사연(賜宴): 나라에서 잔치를 내려줌. 노부: 거둥행렬.

*희뢰(餼牢): 대접하는 물품. *餼 -대접할 희.

*번중(煩重): 번잡하고 무거움.

*진류(盡劉): 모조리 죽음.

*내찬(內饌): 감사가 오면 차리는 진수성찬.

*주전(廚傳): 음식을 대접함.

*조훈(祖訓): 역대 임금의 교훈.

*방휘(芳徽): 아름다움.

*사성(使星): 임금의 명을 받은 사신.

*거가(車駕): 임금의 수레.

*구미(求媚): 잘 보이려 함.

*칙사(勅使): 중국 사신.

제3조 교민(教民)_ 백성을 가르침

民牧之職　教民而已　均其田産　將以教也

민목지직은 교민이이라. 균기전산도 장이교야이며

平其賦役　將以教也　設官置牧　將以教也.

평기부역도 장이교야며 설관치목도 장이교야이며

明罰飭法　將以教也　諸政不修　未遑興教

명벌칙법도 장이교야이니 제정불수하고 미황흥교면

此百世之所以無善治也

차백세지소이무선치야니라.

束民爲伍　以行鄕約　亦古鄕黨州族之遺意

속민위오하여 이행향약이나 역고향당주족지유의이니

威惠旣洽　勉而行之可也

위혜기흡이면 면이행지가야니라.

前言往行　勸諭下民　使之習慣於耳目　亦或有助於化導

전언왕행을 권유하민하여 사지습관어이목도 역혹유조어화도니라.

不教而刑　謂之罔民　雖大憝不孝者　姑唯教之　不悛乃

불교이형은 위지망민이니 수대대불효자라도 고유교지며 부전내

殺

쇄이니라.

兄弟不友 　 嚚訟無恥者 　 亦姑教之 　 勿庸殺之
형제불우하고 효송무치자라도 역고교지하여 물용쇄지니라.

遐陬絕徼 　 遠於王化 　 勸行禮俗 　 亦民牧之先務也 　 孝子
하추절요이면 원어왕화니 권행예속도 역민목지선무야니라. 효자

烈女忠臣節士 　 闡發幽光 　 以圖旌表 　 亦民牧之職也
열녀충신절사는 천발유광하여 이도정표도 역민목지직야니라.

若夫矯激之行 　 偏狹之義 　 不宜崇獎 　 以啓流弊 　 其義精
약부교격지행과 편협지의는 불의숭장하여 이계유폐니 기의정

也
야니라.

목민관의 직책은 오직 백성을 가르치는 데 있다. 농토의 생산을 부족함이 없게 거둬들이는 것을 가르치는 것도, 납세를 공정하게 징수하는 것을 가르치는 것도, 관을 설치하고 목민관을 두어 생활하는 것도 가르치기 위함이요, 죄를 밝히고 법을 단단히 지키는 것도 가르치기 위함이다. 모든 정치가 제대로 행하여지지 않는다면 가르칠 기회를 놓쳐버려 백년이 지나도 참다운 정치를 할 수 없을 것이다. 백성을 결속시키기 위해 오가작통법을 만들어 마을에 도움

이 되는 일을 자치적으로 행해 나가는 것도, 향약(鄕約)을 행하는 것도 옛날 향당주족의 예를 본뜬 것이므로 위엄과 은혜가 있어 흡족히 전해오고 있으니 힘써 행하는 것이 좋을 것이다. 지난날의 좋은 말과 아름다운 행실들을 부지런히 백성들에게 권유하여 귀와 눈에 젖어 관습이 되도록 하는 것도 교화하고 이끌어 나가는 데 도움이 될 것이다.

가르치지 않고 형벌을 주는 것은 백성을 속이는 것이니 비록 대죄인이나 불효를 저질렀다 하더라도 먼저 가르치고 그래도 고치지 않는다면 죽여야 한다.

형제가 우애하지 않고 부끄러운 줄도 모르고 시끄럽게 법정싸움을 한다면 이 또한 가르쳐야 하며 함부로 죽이지 말아야 한다.

서울에서 멀리 떨어진 외진 지방은 임금의 교화가 미치기 어려우므로 예의와 풍속을 권유해서 행하게 하는 것도 또한 목민관으로서 먼저 힘써야 할 일이다.

효자와 열녀와 충신, 절사를 발굴해 내서 그 숨은 행적을 세상에 나타나게 하고 널리 알리는 데 힘을 쓰는 것도 또한 목민관의 직책이다.

남을 속이거나 과격한 행동, 편협한 의리를 숭상하거나 장려해서 폐단의 길을 터주는 일이 있어서는 안 된다.

의리란 맑고 깨끗한 것이다.

*칙법(飭法): 법으로 단속함.

*향약(鄕約): 조선시대 시골에서 자치적으로 행했던 기약.
덕업상권(德業相勸), 과실상규(過失相規), 예속상교(禮俗相交)
환란상휼(患難相恤) 네 강목

*대대(大憝): 큰 악인. *囂 -시끄러울 효.

*하추절요(遐陬絶徼): 먼 지방.

*천발(闡發): 들추어 냄.

*정표(旌表): 사람의 선행을 칭송하고, 드러내어 널리 알림.

*숭장(崇獎): 높이고, 장려함.

제4조 흥학(興學)_ 배움터를 마련

古之所謂學校者 習禮焉 習樂焉 今禮壞樂崩 學校之
고지소위학교자는 습례언하며 습악언이나 금예괴락붕하여 학교지

教 讀書而已
교는 독서이이라.

文學者 小學之教也 然則後世之所謂興學者 其猶爲小學乎
문학자는 소학지교야니 연즉후세지소위흥학자는 기유위소학호아?

學者 學於師也 有師而後 有學 招延宿德 使爲師長
학자는 학어사야니 유사이후에 유학이라. 초연숙덕하여 사위사장

然後 學規乃可議也
연후에 학규내가의야니라.

修葺堂廡 照管米廩 廣置書籍 亦賢牧之所致意也
수즙당무하며 조관미름하고 광치서적도 역현목지소치의야니라.

簡選端方 使爲齊長 以作表率 待之以禮 養其廉恥
간선단방하고 사위제장하여 이작표솔하고 대지이례하여 양기렴치니라.

季秋 行養老之禮 教以老老 孟冬 行鄕飮之禮 教以
계추에 행양노지례하여 교이노노하며 맹동에 행향음지례하여 교이

長長 仲春 行饗孤之禮 教以恤孤
장장하며 중춘에 행향고지례하여 교이휼고니라.

以時行鄕射之禮　以時行投壺之禮
이시행향사지례하고 이시행투호지례니라.

옛날의 학교에서는 예를 익히고 악을 익혔었다. 그러나 오늘날에는 예가 무너지고 악이 무너져서 학교의 가르침으로 글을 읽는 것뿐이다.

문학이란 소학에서 가르치는 것이다. 그렇다면 후세에 와서 학문을 일으킨다는 것은 그 소학을 일으키는 것과 같은 것이란 말인가.

배운다는 것은 스승에게서 배운다는 것이다.

스승이 있은 후에 배움이 있으니 오래 덕을 쌓은 이를 초빙하며 스승을 삼은 다음에야 학문의 규범을 논할 수 있을 것이다.

서당을 수리하고 재정을 마련하고, 관리하며 수많은 서적을 구입하여 비치하는 것도 어진 목관으로서 마음을 쓸 일이다.

단아하고 품행이 올바른 이를 가려 서당의 장을 삼아 사표가 되게 하고 예로써 대우하여 청렴하고 겸손함을 배우게 하라.

늦가을에는 양로의 예를 행하여 노인을 노인으로 대접하는 길을 가르치며, 초가을에는 향음주례의 예를 행하여 어른을 어른으로 대접하는 길을 가르치며, 중춘에는 향고의 예를 행하여 고아를 가엾이 여기는 길을 가르친다.

때를 살펴서 향사의 예를 행하며 때를 살펴서 투호의 예를 행하도록 한다.

*향음주례(鄕飮酒禮): 매해 수령이 고을 유생들을 불러 향약을 읽고 술을 마시던 잔치.

*숙덕 (宿德): 덕망이 높은 사람.

*조관(照管): 관리. *廩 -곳집, 창고 름.

*재장(齋長): 학교의 장.

*표솔(表率): 모범.

*계추(季秋): 늦가을.

*휼고(恤孤): 고아를 돌봄.

*향사지례(鄕士之禮): -향음주례(鄕飮酒禮).

*투호례(投壺禮): 화살을 항아리에 던져 넣는 놀이.

제5조 변등(辨等)_ 등급을 가림

辨等者　安民定志之要義也　等威不明　位級以亂則民散而

변등자는 안민정지지요의야니 등위불명하여 위급이란즉민산이

無紀矣

무기의니라.

族有貴賤　宜辨其等　勢有强弱　宜察其情

족유귀천하니 의변기등이요 세유강약하니 의찰기정이라.

二者　不可以偏廢也

이자는 불가이편폐야니라.

凡辨等之政　不唯小民是懲　中之犯上　亦可惡也

범변등지정은 불유소민시징이라 중지범상도 역가악야니라.

宮室車乘衣服器用　其僭侈踰制者　悉宜嚴禁

궁실거승의복기용이 기참치유제자는 실의엄금이니라.

盖自 奴婢法變之後　民俗大渝　非國家之利也

개자 노비법변지후에 민속대투니 비국가지이야니라.

貴族旣殘　賤流交誣　官長按治　多失有實

귀족기잔하면 천류교무인데 관장안치에 다실유실하니

斯又今日之俗弊也

사우금일지속폐야하니라.

등급을 나눔은 백성을 편안케 하고 뜻을 안정하게 하는 중요한 일이다.

등급이나 위엄이 명확하지 않으면 지위나 계급이 문란하여져서 백성이 흩어지고 기강이 무너지게 될 것이다.

종족에는 귀하고 천함이 있으니 마땅히 그 등급을 가려야 하며, 세력에도 강하고 약함이 있으니 마땅히 그 정상을 살펴야 한다. 이 두 가지는 그 어느 하나도 등한시하여서는 안 된다.

무릇 변등하는 정책은 오직 아래 백성만 징계하자는 것만이 아니라 중인 계급이 윗사람을 범하는 것 또한 엄히 막아야 할 것이다.

주택, 수레, 의복, 기물 등을 지나치게 사치스럽게 꾸미는 것, 제도를 넘어서는 것은 모두 마땅히 엄금해야 할 것이다.

무릇 노비의 법이 변한 후에는 민속의 도가 지나치게 문란하여졌는데 이는 국가의 도움이 되지 못한다.

몰락한 양반들을 천한 부류들이 서로 헐뜯으니 관장이 이를 다스릴 때 그 진실을 잘 모르고 다스릴 때가 있다. 이것이 또한 오늘날의 통속적인 폐단이다.

*거승(車乘): 수레.

*참치(僭侈): 지나치게 사치함.

*유제(踰制): 제도를 넘음.

제6조 과예(課藝)_ 인재를 길러내자

科學之學　壞人心術　然　選擧之法未改　不得不勸其肄
과거지학은 괴인심술이라 연이나 선거지법미개면 부득불권기이

習　此之謂課藝
습이니 차지위과예니라.

課藝宜亦有額　旣擧旣選　乃試乃編　於是乎課之也
과예의역유액하니 기거기선이어든 내시내편이라야 어시호과지야니라.

近世以來　文體卑下　句法澆悖　篇法短促　不可以不正
근세이래로 문체비하하고 구법요패하며 편법단촉하니 부가이부정

也
야니라.

童蒙之聰明强記者　別行抄選　教之誨之
동몽지총명강기자는 별행초선하여 교지회지니라.

課藝旣勸　科甲相續　遂爲文明之鄕　亦民牧之至榮也
과예기권하여 과갑상속이면 수위문명지향하리니 역민목지지영야니라.

科規不立則士心不勸　課藝之政　亦無以獨善也
과규불립즉사심불권이니 과예지정도 역무이독선야니라.

과거 시험을 보기 위해 익히는 학문은 사람의 마음을 파괴하는 것이다. 그러나 과거 시험으로 인재를 뽑아 쓰는 법을 고치지 않는 한 그 공부 방법을 권장하지 않을 수 없으니 이를 과예라고 한다.

과예도 마땅히 정원이 있어야 한다. 이미 추천해서 뽑혔거든 시험을 치르게 하고 이내 편성하여 그들에게 본 시험을 보게 해야 할 것이다.

근세에 와서는 문체는 낮추어지고 구법도 거칠어졌으며 문장도 짧아졌으니 이를 바르게 하지 않을 수 없는 것이다. 어린 학생 가운데 총명하고 머리가 좋은 학생은 따로 뽑아서 정성껏 가르쳐야 한다. 과예를 부지런히 권장하여 과거에 합격하는 자가 그 고을에서 계속해서 나오면 드디어 문명한 고을이 되는 것이니 또한 목민관의 영광인 것이다.

과거의 규칙이 서지 않으면 선비의 마음이 흩어지게 된다. 그러므로 과예의 정책 또한 독선적이어서는 안 되며 여러 사람의 연구 결과에 의해 이루어져야 할 것이다.

*이습(肄習): 익힘.

*동몽(童蒙): 어린 학생.

*강기(强記): 기억력이 좋음.

*초선(抄選): 가려 뽑음.

*갑과(甲科): 과거에서 성적순으로 나눈 등급.

*과갑(科甲)-과거.

*문명지향(文明之鄕): 인재를 많이 배출한 고장.

제8장

병전육조(兵典六條)

제1조 첨정(簽丁)_ 장정을 군적에 실음

簽丁收布之法　始於梁淵　至于今日　流波浩漫
첨정수포지법은 시어양연하여 지우금일하니 유파호만하여

爲生民切骨之病　此法不改　而民盡劉矣
위생민절골지병하니 차법불개면 이민진류의리라.

隊伍名也　米布實也　實之旣收　名又奚詰
대오명야요 미포실야니 실지기수어늘 명우해힐이리요.

名之將詰　民受其毒　故　善修軍者　不修　善簽丁者
명지장힐이면 민수기독이니라. 고로 선수군자는 불수하고 선첨정자는

不簽　查虛覈故　補闕責代者　吏之利也　良牧不爲也
불첨하니 사허핵고하여 보궐책대자는 이지리야리니 양목불위야리라.

其有一二不得不簽補者　宜執饒戶　使補役田　以雇實軍
기유일이부득불첨보자는 의집요호하여 사보역전하고 이고실군이니라.

軍役一根　簽至五六　咸收米布　以歸吏囊　斯不可不察
군역일근에 첨지오륙하며 함수미포하여 이귀리낭하니 사불가불찰

也
야니라.

軍案軍簿　並置政堂　嚴其鎖鑰　無納吏手
군안군부는 병치정당하여 엄기쇄약이고 무납이수니라.

威惠旣洽　吏畏民懷　尺籍乃可修也

위혜기흡하면 이외민회하니 척적내가수야니라.

欲修尺籍　先破契房　而書院, 驛村, 豪戶, 大墓　諸凡逃役之藪　不可不査括也

욕수척적이면 선파계방하고 이서원, 역촌, 호호, 대묘와 제범도역지수를 불가불사괄야니라.

收布之日　牧宜親受　委之下吏　民費以倍

수포지일에 목의친수니 위지하리하면 민비이배니라.

僞造族譜　盜買職牒　圖免軍簽者　不可以不懲也

위조족보하여 도매직첩하면 도면군첨자는 불가이부징야니라.

上番軍裝送者　一邑之巨弊也　十分嚴察　乃無民害

상번군장송자는 일읍지거폐야니 십분엄찰이어야 내무민해니라.

장정을 군적에 올리고 그들로부터 베를 거두는 법은 중종 때 대사헌 양연이 장계를 올림으로써 시작되어 오늘에 이르고 있다. 그런데 그 폐단이 커서 이제는 백성들의 골수에 사무치는 병폐가 되고 있다. 이 법을 고치지 않는다면 백성은 모두 죽게 될 것이다.

군대의 부대라는 것은 이름만 내세울 뿐 쌀이나 포목을 거두기 위해 내세운 것이 실제의 목적인 것이다. 이미 거두어 들인 것이 명확한데 그 명목을 물어 또 어찌하겠는가? 명목을 또 물으려 한다면 명목을 내세운 자들에게 백성들이 그 해독을 받을 것이다. 그러므로 군의 행정을 잘 다스리는 자는 다스림만을 일삼지 않고 베를 잘 거두는 자는 첨정*만을 일삼지 않는다. 헛명단을 조사하고 죽은 것을 밝혀내서 결원을 보충하고 대리할 것을 문책하는 일은 도리어 아전의 이익이 되는 것이니 어진 목민관은 이를 하지 않는다.

한두 명을 보충하지 않을 수 없을 경우에는 넉넉한 집에서 기피한 자들은 찾아내어 논밭의 노역으로 대신함으로 실제의 군무에 임하는 것으로 해야 한다.

군역 한 자리에 첨정의 대상이 5,6 명이 될 때 모두 쌀과 포목을 거두어서 아전의 주머니로 들어가게 되니 이를 살피지 않을 수 없는 것이다. 군의 서류나 장부는 모두 정당에 보관하고 엄중하게 자물쇠를 채워 두어 아전들의 손에 들어가는 일이 없도록 해야 한다.

위엄과 은혜가 이미 흡족하여 아전이 위엄을 두려워하고 백성이 은혜를 생각하게 된 후라야 군적의 기초가 되는 장부를 정리할 수 있을 것이다.

군적의 기초가 되는 장부를 정리하려면 먼저 아전에게 주는 뇌물을 없애 버려야 하며 서원, 역촌, 호호, 대묘 등 여러 가지 병역을 도피하는 안식처를 밝혀 드러내지 않을 수 없다.

포를 거두는 날에는 목민관이 직접 받아야 한다. 아래 아전에게 맡기면 백성들의 비용이 갑절이 될 것이다.

족보를 위조했거나 벼슬 임명장인 직첩*을 몰래 사서 군적을 면하려는 자는 이를 징계하지 않을 수 없다.

중앙에 번을 서는 상번군*에게 군장을 꾸려 보내는 것도 한 고을의 큰 폐단이니 십분 엄하게 살펴야만 백성에게 해가 없을 것이다.

*첨정(僉丁): 장정을 군적에 실음.

*양연(梁淵): 중종 때 대사헌-군포법을 주장함.

*대오(隊伍): 군대의 편성된 대열.

*보궐(補闕): 빠진 것을 꿰어 넣음.

*척적(尺籍): 군비의 총액을 고을의 총 호수에 비례하여 공평하게 부담하도록 하는 것.

*호호(豪戶): 세력이 있는 토족.

*직첩(職牒): 벼슬 임명장.

*상번군(上番軍): 지방에서 차례로 서울에 올라가 궁을 지키는 군사.

제2조 연졸(練卒)_ 군사 훈련

練卒者　武備之要務也　操演之法　敎旗之術也　今之所謂

연졸자는 무비지요무야니 조연지법과 교기지술야니라. 금지소위

練卒　虛務也　一曰束伍　二曰別隊　三曰吏奴隊　四曰水軍

련졸은 허무야라 일왈속오요 이왈별대요 삼왈이노대요 사왈수군으로

法旣不具　練亦無益　應文而已　不必撓擾也　惟其 旗

법기불구하니 연역무익이라 응문이기이니 불필요요야니라. 유기 기

鼓 號令　進止 分合之法　宜練習詳熟　非欲敎卒

고 호령으로 진지 분합지법은 의련습상숙이로되 비욕교졸하고

要使衙官列校　習於規例

요사아관열교로 습어규례니라.

吏奴之練　最爲要務　前期三日　宜預習之　若年豊備弛

이노지련이 최위요무니 전기삼일에 의예습지니라. 약년풍비이라도

朝令無停　以行習操 則其充伍飾裝　不得不致力

조령무정하여 이행습조 즉기충오식장을 부득불치력이니라.

軍中收斂　軍律至嚴　私練公操　宜察是弊

군중수렴은 군율지엄하니 사련공조에 의찰시폐니라.

水軍之置於山郡　本是謬法　水操有令　宜取水操程式

수군지치어산군은 본시유법이라. 수조유령이면 의취수조정식하고

逐日肄習　俾無闕事
축일이습하여 비무궐사니라.

군사를 훈련시키는 것은 군의 힘을 키우는 중요한 요소의 하나이다. 조련을 하는 방법은 각종 기를 흔들어 그에 따라 훈련하는 방법이다.

오늘날의 이른바 군사를 훈련시키는 것은 헛수고일 뿐이다. 첫째 임란 때 천인이나 양민들을 뽑아 일시방편적으로 편성한 군대인 속오군, 둘째 본대 밖에 별도로 편성한 특수부대인 별대, 셋째 아전과 노비들로 편성된 이노대, 넷째 수군인데, 군법이 따로 갖추어지지 않았으니 훈련해도 소용이 없다. 문서에 따른 형식뿐이니 시끄럽게 떠들 필요가 없는 것이다.

오직 기와 북으로의 호령으로 전진과 부동자세 흩어졌다 집합하는 법은 마땅히 연습하여 자세히 익힐 것이니 군사에게만 가르치려는 것이 아니라 아전이나 군교로 하여금 예규를 익히게 하려는 것이다.

그 가운데 이노군의 훈련이 가장 중요한 훈련 중의 하나이니 검열 기한 3일 전에 철저히 연습해 두어야 한다.

만약 풍년 들어 농사일로 준비가 덜 됐다 하더라도 조정의 명령이 확고하다면 그 대오를 정비하고 장비를 갖추는 일에 힘써야 할 것이다.

군대에서 금품을 거두는 일은 군율이 지극히 엄중하니 공사간에 훈련장에서는 마땅히 그 폐단을 살필 것이다.

수군을 산골에 둔다는 것은 본래 잘못된 법이다. 수군 조련의 명령이 있으면 마땅히 물에서 조련한다는 것을 법으로 삼아 수중 훈련으로 날로 익히고 연습하여 빠지는 일이 없도록 해야 한다.

*조연(操演): 훈련.

*교기(教旗): 각종 기의 신호에 따른 군사 활동.

*속오(束伍): 임란 당시 15세 이상의 양민이나 양반을 골라 조직한 군대.

*별대(別隊): 본대 밖에 따로 독립한 부대.

*이노대(吏奴隊): 아전과 노비들로 조직한 군대.

*기고호령(旗鼓號令): 기를 흔들고 북을 쳐서 신호를 내림.

*진지분합(進止分合): 나가다 멈추고, 흩어졌다 모임.

*습조(習操): 훈련을 거듭 익힘. *肄 -익힐 이.

제3조 수병(修兵)_ 병기 관리

兵者　兵器也　兵可百年不用　不可一日無備　修兵者
병자는 **병기야**라 **병가백년불용**이나 **불가일일무비**이니 **수병자**는

土臣之識也
토신지식야니라.

箭竹之移頒者　月課火藥之分送者　宜思法意　謹其出納
전죽지이반자와 **월과화약지분송자**는 **의사법의**하여 **근기출납**이니라.

若 朝令申嚴　以時修補　未可已也
약 조령신엄이어든 **이시수보**를 **미가이야**니라.

병이란 병기를 말한다. 병기는 백 년을 쓰지 않아도 좋으나 하루라도 준비를 철저히 하지 않으면 안 된다. 병기를 정비하는 일은 각 지방의 수령들의 직책인 것이다.

나누어 준 화살대나 다달이 나누어 주는 화약은 마땅히 법을 준수해서 그 출납을 신중히 해야 한다.

조정의 명령이 엄중하면 수시로 병기를 수리하고 보충하는 일을 게을리할 수가 없다.

제4조 권무(勸武)_ 무예 장려

東俗柔樺　不喜武技　所習惟射　今亦不習　勸武者

동속유근하여 불희무기하고 소습유사라. 금역불습하니 권무자는

今日之急務也

금일지급무야니라.

牧之久任者　或至六朞　惴能如是者勸之　而民勤矣

목지구임자는 혹지육기하나니 췌능여시자권지하면 이민근의니라.

强弩之　張設發放　不可不習　若夫號令坐作之法　馳突

강노지를 장설발방은 불가불습이니라. 약부호령좌작지법과 치돌

擊刺之勢　須有隱憂　乃可肄習

격자지세는 수유은우면 내가이습이니라.

우리나라 사람들은 성격이 유순하고 근신해서 무예를 좋아하지 않았다. 익히는 바는 오직 활 쏘는 것뿐이었는데 지금에 와서는 그것마저도 익히지를 않으니 무예를 권장해야 하는 것이 오늘날 시급한 과제의 하나이다.

수령의 임기가 오래되는 자는 6년을 채우기도 한다. 그와 같이 오랜 세월 동안 무예를 널리 펼칠 것을 권장한다면 백성들도 그 권장에 따를 것이다.

여러 개의 화살을 잇달아 쏘게 설계된 강노*를 당겨서 쏘는 것을 반드시 익혀 두어야 한다.

호령하는 것과 동작하는 법과 달리며 치고, 찌르는 태세 등은 국난이 있을 때를 대비하여 연습하는 것이 좋을 것이다

*유근(柔謹): 유순하고, 조심함.

*구임(久任): 오랫동안 임함.

*강노(强弩): 굳센 활. 쇠뇌.

*좌작(坐作): 앉았다 일어서다.

제5조 응변(應變)_ 비상 대비

守令 乃佩符之官 機事多不虞之變 應變之法 不可不

수령은 내패부지관이라 기사다불우지변하니 응변지법은 불가불

預講

예강이니라.

訛言之作 或無根而自起 或有機而將發 牧之應之也

와언지작은 혹무근이자기하고 혹유기이장발하나니 목지응지야에

或靜而鎭之 或默而察之

혹정이진지하고 혹묵이찰지니라.

凡掛書 投書者 或焚而滅之 或默而察之 凡有變亂

범괘서와 투서자는 혹분이멸지하고 혹묵이찰지니라. 범유변란이면

宜勿驚動 靜思歸趣 以應其變 或土俗獷悍 謀殺

의물경동하고 정사귀취하여 이응기변이니라. 혹토속광한하여 모살

官長 或執而誅之 或靜而鎭之 炳幾折奸 不可膠

관장이어든 혹집이주지하고 혹정이진지하여 병기절간이요 불가교

也

야니라.

强盜流賊 相聚爲亂 或諭以降之 或計以擒之

강도유적이 상취위란이어든 혹유이항지하고 혹계이금지니라.

土賊旣平　人心疑懼　宜推誠示信　以安反側

토적기평이나 **인심의구**면 **의추성시신**하여 **이안반측**이니라.

수령은 곧 병부를 가진 관원인 것이다. 그러므로 뜻밖에 일어나는 변이 많으니 그에 대처하기 위해 임기응변의 방법을 미리 강구하지 않으면 안된다.

유언비어가 나돌기도 하고 혹 변란의 기미가 엿보이기도 하니 목민관으로서 이에 대처할 때에는 조용히 진압하거나 묵묵히 살펴야 한다.

무릇 벽보나 투서는 태워서 없애 버리기도 하고 주의 깊게 살피기도 해야 한다. 변란이 있을 때는 경거망동하지 말고 조용히 그 돌아가는 형편을 참작해서 변에 대응해야 한다.

지방의 풍속이 포악해서 관장을 죽이려는 음모가 있거든 잡아서 죽이거나 조용히 진압할 것이다. 기미를 밝혀내고 간교함을 꺾되 융통성 없이 해서는 안 된다.

강도나 군도들이 서로 모여서 난을 일으키려 한다면 타일러서 항복시키거나 계교로써 사로잡아야 한다.

토적이 이미 평정되었어도 민심이 의심하고 두려워한다면 마땅히 성의를 다하고 믿음을 보여 불안한 민심을 안정시키도록 해야 한다

*패부(佩符): 고을을 지킬 임무, 또는 병부(兵符)의 책임자.

*와언(訛言): 잘못 전해진 말. 헛소문, 유언비어(流言蜚語).

*괘서(掛書): 벽보.

*광한(獷悍): 사납고 포악함.

*병기절간(炳幾折奸): 낌새나 눈치를 살피어 간악함을 꺾다.

*토적(土賊): 한 지방의 도적.

제6조 어구(禦寇)_ 외적 방어

值有寇難　守土之臣　宜守疆域　其防禦之責　與將臣同
치유구난이면 수토지신은 의수강역이니 기방어지책은 여장신동이니라.

兵法曰虛而示之實　實而示之虛　此又守禦者　所宜知也
병법왈허이시지실하고 실이시지허하니 차우수어자는 소의지야니라.

守而不攻　使賊過境　是以賊而遺君也　追擊庸得已乎
수이불공하여 사적과경이면 시이적이유군야니 추격용득이호아?

危忠凜節　激勵士卒　以樹尺寸之功　上也　勢窮力盡
위충름절로 격려사졸하여 이수척촌지공이 상야로되 세궁력진하면

繼之以死　以扶三五之常　亦分也
계지이사하여 이부삼오지상도 역분야니라.

乘輿播越　守土之臣　進其土膳　表厥忠愛　亦職分之常
승여파월이면 수토지신은 진기토선하여 표궐충애도 역직분지상

也　兵所不及　撫綏百姓　務材訓農　以贍軍賦
야니라. 병소불급에 무수백성이고 무재훈농하여 이섬군부도

亦守土之職也
역수토지직야니라.

외적의 침입이 있을 때에는 지방을 지키는 신하는 마땅히 관할하

는 지역을 지켜야 하며 그 방어의 책임은 장수나 신하나 마찬가지이다.

병법에 말하기를 '허하면 실한 체하고 실하면 허한 체하라' 하였으니 이것 또한 방어하는 자로서 마땅히 알아야 할 병법의 하나이다.

방어만 하고 공격하지 않아 도적으로 하여금 경계를 지나가게 한다면 이것은 도적을 임금에게로 보내는 것이니 쫓아가 격퇴시킴을 어찌 그만둘 수 있겠는가?

높은 충성과 늠름한 절의로 병사들을 격려해서 조그마한 공이라도 세우는 것이 으뜸이요 형세가 불리하고 온 힘을 다 쏟았다면 죽음으로써 삼강과 오륜의 덕목을 지키는 것이 직분을 다하는 것이다.

임금이 난을 피해 지방으로 내려오면 그 지방에서 나는 음식을 대접해서 충애의 뜻을 표시하는 것 또한 당연한 직분인 것이다.

병화가 미치지 않는 곳에서는 백성을 어루만져 편안케 하고 인재를 기르고 농사를 권장해서 군비의 조달을 넉넉하게 하는 것 또한 지방을 지키는 수령의 직책이라 할 것이다.

*구난(寇難): 도적의 난, 외구의 난.

*장신(將臣): 평화로운 때는 신하이지만 전쟁 시에는 장수가 되어 싸워야 한다.

*과경(過境): 국경을 넘어오다.

*위충늠절(危忠凜節): 높은 충성과 늠름한 절개.

*척촌지공(尺寸之功): 작은 공로.

*삼오지상(三五之常): 사람이 지켜야 할 삼강오륜의 도리.

*승여(乘輿): 임금이 탄 수레.

*파월(播越): 임금이 난을 피해 궁을 나감. 파천(播遷).

*무수(撫綏): 편안하게 어루만져줌.

*무재(務材): 인재를 기름.

제9장
형전육조(刑典六條)

제1조 청송(聽訟)_ 진상을 정확히 파악하여 소송을 판결

聽訟之本　在於誠意　　誠意之本　在於愼獨

청송지본은 재어성의하고 성의지본은 재어신독이니

其次律身　　戒之誨之　　枉者伸之　亦可以無訟矣

기차율신하고 계지회지하여 왕자신지도 역가이무송의니라.

聽訟如流　由天才也　　其道危　　聽訟必核盡人心也

청송여류는 유천재야지만 기도위하며 청송필핵진인심야라야

其法實

기법실이라.

故　欲詞訟簡者　其斷必遲　　爲一斷而不可復起也

고로 욕사송간자는 기단필지이니 위일단이불가복기야니라.

壅蔽不達　　民情以鬱　　使赴愬之民　如入父母之家

옹폐부달하면 민정이울이니 사부소지민이 여입부모지가하면

斯良牧也

사양목야니라.

凡有訴訟　其急疾奔告者　不可傾信　　應之以緩

범유소송에 기급질분고자는 불가경신하고 응지이완하여

徐察其實　　片言折獄剖決如神者　別有天才

서찰기실하라. 편언절옥부결여신자는 별유천재이니

非凡人之所宜傚也
비범인지소의효야니라.

소송 판결의 근본은 참됨과 정성을 다함에 있고 그 근본은 혼자 있을 때에도 언행을 삼가하며 스스로를 먼저 닦는 데 있다. 그다음 자신이 모범이 되어 백성을 경계하고 가르쳐 잘못을 바르게 잡아 줌으로써 다시는 송사하는 일이 없도록 해야 한다. 송사 처리를 물 흐르는 것처럼 쉽게 함은 타고난 재질이 있어야 할 수 있는 일이지만 재질을 앞세우는 것은 매우 위험하며 송사 처리는 반드시 사람의 마음을 속속들이 파헤쳐야만 법에 맞는 판결을 하게 된다. 그러므로 간략히 송사를 하려는 사람은 그 판결에 대해 반드시 시간을 끄는데 한 번 판결을 내리고 나면 다시 송사가 일어나지 않도록 하기 위한 신중함 때문인 것이다.

막히고 가려져서 통하지 못하면 민정이 답답해지니 관아에 달려와서 호소하려는 백성들로 하여금 부모의 집에 들어오는 것같이 편하게 하면 이것은 어진 목민관인 것이다.

소송이 있을 때 급하게 달려와서 고한다고 해서 이를 그대로 믿어서는 안 된다. 여유를 가지고 응하면서 천천히 그 앞뒤를 살펴야 한다. 한 마디 말로 옥사를 귀신같이 결단하고 판결하는 것은 천재만이 할 수 있는 것이니 보통 사람은 다루기 힘든 것이다.

人倫之訟　係關天常者　辨之宜明

인륜지송은 계관천상자니 변지의명하라.

骨肉相爭　忘義殉財者　懲之宜嚴

골육상쟁은 망의순재자니 징지의엄하라.

田地之訟　民產所係　一循公正　民斯服矣

전지지송은 민산소계니 일순공정이라야 민사복의리라.

牛馬之訟　聲名所出古人遺懿　其庶效之

우마지송은 성명소출고인유의니 기서효지하라.

財帛之訟　券契無憑　察其情僞　物無遁矣

재백지송은 권계무빙이나 찰기정위하면 물무둔의니라.

虛明照物　仁及微禽　異聞遂播　華聲以達

허명조물이면 인급미금이요 이문수파하면 화성이달이리라.

墓地之訟　今爲弊俗　鬪毆之殺　半由此起

묘지지송은 금위폐속이라 투구지살이 반유차기하고

發掘之變　自以爲孝　聽斷不可以不明也

발굴지변을 자이위효라하니 청단불가이불명야니라.

國典所載　亦無一截之法　可左可右　惟官所欲

국전소재가 역무일절지법하여 가좌가우이니 유관소욕이라.

民志不定　爭訟以繁　貪惑旣深　攘奪相續

민지부정하고 쟁송이번이라. 탐혹기심하여 양탈상속이니

聽理之難　倍於他訟

청리지난이 배어타송이니라.

奴碑之訟法　法典所載　繁鎖多文　不可依據

노비지송법은 법전소재가 번쇄다문하여 불가의거니

參酌人情　不可拘也　債貸之訟　宜有權衡

참작인정이며 불가구야니라. 채대지송은 의유권형이니

或尙猛以督債　或施慈以已債　不可膠也

혹상맹이독채하고 혹시자이이채하여 불가교야니라.

軍簽之訟　兩里相爭　考其根脈　確然歸一

군첨지송으로 양리상쟁에 고기근맥이면 확연귀일이리라.

決訟之本　全在券契　發其幽奸　昭其隱匿　唯明者能之

결송지본은 전재권계니 발기유간하고 소기은닉은 유명자능지니라.

인륜의 송사는 하늘이 정한 떳떳한 도리에 따른 것이니 분명하게 밝혀 가려내야 한다.

골육 간의 송사는 정과 의를 잊고 재물에 눈이 어두운 자들이 하는 것이니 마땅히 엄하게 뉘우치도록 꾸짖어야 한다.

농토에 관한 송사는 백성의 재산에 관계되는 것이니 공정하게 하여야 백성이 복종할 것이다.

가축에 관한 송사는 옛날 사람이 남긴 좋은 판례가 많으니 모두 이를 본받아 판결한다면 좋은 결과를 볼 것이다.

재물이나 비단의 송사는 문서로 증거할 것이 없다면 참인지 거짓인지를 명확히 가려내면 잘못을 피할 수 없을 것이다.

비우고 투명한 마음을 만물에 비추면 그 어짐이 미물과 금수에게까지 미칠 것이다. 그리하여 기발한 판결의 소문이 퍼지면 그의 빛나는 명성이 널리 세상에 알려지게 될 것이다.

묘지에 대한 송사는 이제 폐단이 되었다. 싸우고 때려서 죽임이 반은 여기에서 일어나고 있다. 명당을 찾아 이미 매장한 부모의 묘를 파헤쳐 옮기는 발굴의 변고를 스스로 효도 때문이라 하며 싸우니 송사의 판결을 밝게 하지 않을 수 없는 것이다.

나라 법전에 기재되어 있기는 하나 미묘한 송사에 관한 세부 사항이 없어 이현령비현령하니 오직 관의 마음대로 할 수 있는 것이기 때문에 백성의 믿음이 확고하지 않아 소송이 번거롭게 일어나는 것이다.

탐욕과 의혹이 깊어서 도둑질하고 빼앗는 일이 빈번하게 일어남으로 알아서 처결하기 어려운 것이 다른 송사의 갑절이나 된다.

노비에 관한 송사는 법전에 기재되어 있는 것이 복잡하고 조문이 많아서 근거를 잡기 어려움으로 인정을 참작하여 처리할 것이며 법문에만 구애될 것이 없다.

채무 관계의 소송은 마땅히 균형을 맞추어 심하게 독촉해서 받아주기도 하고 은혜를 베풀어서 빚을 탕감해 주기도 해야 하며 고지식하게 법만을 지킬 것이 아니다.

병역 관계 소송으로 마을이 서로 다툴 때 그 근원을 캐어 본다면 확연하게 어느 한쪽으로 결정지을 수 있을 것이다.

송사를 판결하는 근본은 오로지 증빙할 문서에 달려 있으니 그 속에 감춰진 간사한 것을 들추고 숨겨져 있는 사특한 것을 밝혀내야 하는데 그것은 오직 현명한 사람만이 할 수 있는 것이다.

*신독(愼獨): 홀로 있을 때에도 도리에 어긋남이 없도록 신중함을 기함.

*율신(律身): 스스로를 단속함.

*계지회지(戒之誨之): 경계하고 가르침. 誨-가르칠 회.

*왕자신지(枉者伸之): 잘못된 것을 바로 잡아줌. 枉-굽을 왕.

*옹폐부달(壅蔽不達): 막히고 가리워져 백성의 뜻이 미치지 못함.

*壅 -막힐 옹. 蔽 -가릴 폐.

*부소지민(赴愬之民): 호소하러 오는 백성.

*급질분고(急疾奔告): 급히 달려와 고발함.

*경신(傾信): 한쪽 말만 믿음.

*편언절옥(片言折獄): 한 마디 말로 옥사를 판결함.

*권계(券契): 증명서.

*허명(虛明): 마음을 비우고, 밝게함.

*폐속(弊俗): 좋지 않은 풍속.

*일절지법(一截之法): 한 가지로 확실하게 정한 법.

*청리(聽理): 옥사를 판단하여 처리함.

*번쇄(繁瑣): 번거롭고 자질구레함. *다문(多文): 법조문이 많음.

*채대(債貸): 물건을 빌려주거나 빌려 받음. * 권형(權衡): 저울. 잣대.

*군첨(軍簽): 군사를 뽑아 군적에 올림.

제2조 단옥(斷獄)_ 옥사 처단

斷獄之要 明愼而已 人之死生 係我一察 可不明乎

단옥지요는 명신이이라 인지사생이 계아일찰이니 가불명호아?

人之死生 係我一念 可不愼乎 大獄蔓延 寃者什九

인지사생이 계아일념이니 가불신호아? 대옥만연이면 원자십구니라.

己力所及 陰爲救拔 種德邀福 未有大於是者也

기력소급으로 음위구발하여 종덕요복이니 미유대어시자야니라.

誅其首魁 宥厥株連 斯可以無寃矣

수기수괴하고 유궐주련하면 사가이무원의리라.

疑獄難明 平反爲務 天下之善事也 德之基也

의옥난명이니 평반위무가 천하지선사야며 덕지기야니라.

久囚不釋 淹延歲月 除免其債 開門放送

구수불석하여 엄연세월은 제면기채하고 개문방송이

亦天下之快事也

역천하지쾌사야리라.

明斷立決 無所濡滯 則如陰噎震霆 而淸風掃滌矣

명단립결하여 무소유체하면 즉여음에진정을 이청풍소척의니라.

錯念誤決 旣覺其非 不敢文過 亦君子之行也

착념오결하고 기각기비하여 불감문과하면 역군자지행야니라.

法所不赦　宜以義斷　　見惡而不知惡　是又婦人之仁也
법소불사는 **의이의단**이니 **견악이부지악**은 **시우부인지인야**니라.

옥사를 처리하는 요령은 밝히고 삼가는 데 있다. 사람이 죽고 사는 것이 나 한 사람의 살핌에 달렸으니 어찌 밝지 않을 수 있을 것인가? 또 사람이 죽고 사는 것이 나 한 사람의 생각에 달렸으니 어찌 삼가지 않을 수 있겠는가?

큰 옥사가 넘쳐나게 되면 원통한 자가 열이면 아홉은 된다. 미치는 대로 힘을 써서 남몰래 억울해 하는 자를 구해 준다면 덕을 심어서 복을 구하는 일이니 이보다 큰 보람은 없을 것이다. 그 괴수는 벌을 주고 이에 연루된 자들은 용서해 준다면 원통한 일이 없을 것이다. 옥사의 의혹은 밝히기가 어려우니 재심하여 용서에 힘쓰는 것이 천하의 착한 일이며 덕의 터전이 될 것이다.

오랜 시간 옥에 가두고 놓아주지 않아 세월만 지연시키는 것보다는 그 채무를 면제해 주고 옥문을 열어 내보내는 것 또한 천하의 통쾌한 일일 것이다.

명확한 판단으로 즉시 판결해서 막히고 걸리는 바가 없다면 이는 마치 먹구름이 끼고 천둥이 치는 하늘을 맑은 바람이 씻어 버리는 것과 같은 것이다.

잘못된 생각으로 그릇되게 판결했다 하더라도 그 잘못을 깨달아 감히 허물을 꾸며대려 하지 않는다면 또한 군자의 행동인 것이다. 법으로 용서할 수 없는 바라면 마땅히 의로써 처단할 것이다. 악을 보면서도 악을 모르는 것은 나약한 부녀자들의 어짊이다.

酷吏慘刻　專使文法　以逞其威明者　多不善終
혹리참각하여 전사문법으로 이령기위명자는 다불선종이니라.

士大夫　不讀律　長於詞賦　闇於刑名　亦今日之俗弊也
사대부가 부독율하여 장어사부하고 암어형명도 역금일지욕폐야니라.

人命之獄　古疎今密　專門之學　所宜務也
인명지옥은 고소금밀이니 전문지학에 소의무야니라.

獄之所起　吏校恣橫　打家刦舍　其村遂亡
옥지소기에 이교자횡하여 타가겁사하며 기촌수망이니

首官慮者此也
수관려자차야니라.

上官之初　宜有約束　獄體至重　檢場取招
상관지초에는 의유약속이니라. 옥체지중이나 검장취초에는

本無用刑之法

본무용형지법이니라.

今之官長　不達法例　雜施刑杖大非也

금지관장은 부단법례하여 잡시형장대비야니라.

誣告起獄　是名圖賴　嚴治勿赦　照律反坐

무고기옥을 시명도뢰라하니 엄치물사하고 조율반좌하라.

檢招彌日　錄之以同日　此宜改之法也

검초미일에 녹지이동일하나니 차의개지법야니라.

大小決獄　咸有日限　經年閱歲　任其老瘦　非法也

대소결옥에는 함유일한이니 경년열세하여 임기노수는 비법야니라.

保辜之限　隨犯不同　認之不淸　議或失平

보고지한은 수범부동이라. 인지불청이면 의혹실평이니라.

殺人匿埋者　皆當掘檢

살인익매자는 개당굴검하라.

大典之註　本是誤錄　不必拘也

대전지주는 본시오록이니 불필구야니라.

관리의 성격이 참혹하고 각박해서 오로지 법문만을 행사하여 그 위엄과 밝음을 펴면 명대로 살지 못하는 이가 많다. 사대부들이 법률학은 읽지 않아 시와 문장에는 능하나 형법에 관해서는 어두운 것이 또한 오늘날의 속된 폐단이다. 인명에 대한 옥사는 옛날에는 소홀히 다루었으나 지금은 엄밀히 다루고 있으니 이에 맞춰 전문적인 법률학에 마땅히 힘써야 한다. 옥사가 일어난 곳에 방자하고 횡포한 아전과 군교가 집을 부수고 재물을 약탈하여 급기야 그 마을이 망하게 되니 가장 먼저 염려할 것이 바로 이런 부분인 것이다.

부임하여 처음 정사를 돌볼 때 마땅히 이런 일이 벌어지지 않도록 약속이 있어야 한다.

옥사의 조직 양식이 지극히 중대하여 현장 검증에서 취조하는 데에는 원래 형구를 쓰는 일이 없었다. 지금의 관장들은 법례에 통달하지 못해서 태장을 함부로 사용하여 없는 죄도 자백하도록 월권을 쓰니 이는 큰 잘못이다. 없는 죄를 거짓으로 남에게 덮어 씌우는 것을 도뢰라고 일컫는데 이런 것은 엄히 다스려서 용서하지 말고 무고한 사람이 받은 피해를 가해자가 그대로 받도록 처결해야 한다. 검사와 취조가 여러 날 걸렸는 데도 하루 만에 끝난 것으로 기록하는 것은 마땅히 고쳐야 할 법이다. 크고 작은 옥사 처결에는 다 기한이 있는데 해가 지나고 세월이 흘러가서 죄수가 늙고 수척하게 버려두는 것은 법이 아닐 것이다.

맞은 사람의 상처가 다 나을 때까지 가해자의 처벌을 보류하는 보고의 기한은 범죄에 따라 같지 않다. 인증이 밝지 않으면 의논이 혹 공평을 잃게 되고, 살인하여 몰래 매장한 것은 모두 파내서 검사해야 한다. 속대전이나 형전의 보충 설명은 본시 잘못된 기록이니 반드시 이에 구애될 것이 없다.

*명신(明愼): 분명하고 신중함.

*계아일찰(係我一察): 내가 한 번 살피는 데 달렸음.

*종덕요복(種德邀福): 덕을 베풀어 복을 맞음.

*수괴(首魁): 괴수, 우두머리.

*평번(平反): 죄를 다시 심리하여 판결을 바꿈.

*엄연세월(淹延歲月): 세월을 오래 끎.

*음에(陰殪): 먹구름.　*殪 -죽을 에, 음산 할 애.

*진정(진정): 벼락과 번개.

*소척(掃滌): 깨끗하게 씻음.

*부인지인(婦人之仁): 부인들이나 행하는 가벼운 인정.

*사부(詞賦): 문장과 시부(詩賦).

*형명(刑名): 형법.

*검장(檢場): 검시하는 현장.

*도뢰(圖賴): 말썽을 일으키고, 허물을 남에게 뒤집어씌움.

*반좌(反坐): 고발한 내용이 허위일 때 고발한 자를 그 죄에 해당시키는 일.

*경년열세(經年閱歲): 한 해를 보내고 세월을 넘김.

*노수(老瘦): 늙고 수척함.

*보고(保辜): 맞은 사람의 상처가 낳을 때까지 때린 사람의 처벌을 보류함. 혹 맞은 자가 죽거나 했을 때에는 형벌이 달라지기 때문.

*익매(匿埋): 몰래 매장함.

*굴검(掘檢): 파내어 검사함.

제3조 신형(愼刑)_ 형벌은 신중하게

牧之用刑　宜分三等　民事用上刑　公事用中刑

목지용형은 의분삼등이라 민사용상형하고 공사용중형하며

官事用下刑　私事無刑焉可也

관사용하형하여 사사무형언가야니라.

執杖之卒　不可當場怒叱　平時約束申嚴　事過懲治必信

집장지졸을 불가당장노질이니 평시약속신엄하고 사과징치필신이면

則不動聲色　而杖之寬猛　唯意也

즉부동성색이라도 이장지관맹이 유의야니라.

守令所用之刑　不過笞五十自斷　自此以往　皆濫刑也

수령소용지형은 불과태오십자단이니 자차이왕은 개남형야니라.

今之君子　嗜用大棍　以二笞三杖　不足以快意也

금지군자는 기용대곤하여 이이태삼장으로 부족이쾌의야니라.

刑罰之於以正民　末也　律己奉法　臨之以莊則民不犯

형벌지어이정민은 말야라. 율기봉법하여 임지이장즉민불범하나니

刑罰雖廢之可也

형벌수폐지가야니라.

古之仁牧　必緩刑罰　載之史策　芳徽馥然

고지인목은 필완형벌이니 재지사책하여 방휘복연이니라.

一時之忿 濫施刑杖 大罪也 列祖遺戒 光于簡冊
일시지분으로 남시형장은 대죄야니라. 열조유계가 광우간책이니라.

婦女 非有大罪 不宜決罰 訊杖猶可 笞臀尤褻
부녀는 비유대죄면 불의결벌하라. 신장유가나 태둔우설이요

老幼之不拷訊 載於律文
노유지불고신은 재어율문이니라.

惡刑 所以治盜 不可經施於平民也
악형은 소이치도이니 불가경시어평민야니라.

목민관이 내리는 형벌은 세 등급으로 나눌 수 있다. 민사(부역, 군정, 환곡 등에 대한 죄)는 상형으로 태형 30대를, 공사(공무에 관한 죄)는 중형으로 태형 20대, 관사(제사, 빈객 등 고을의 임무에 관한 죄)는 하형으로 태형 10대를 내린다. 개인적인 일은 형벌을 내리지 않는 것이 좋다.

곤장을 치는 군사를 그 자리에서 노하여 꾸짖어서는 안 되며 평소에 엄하게 타일러 경계하고 일이 끝난 후에 징계하여 다스릴 것이 있다고 생각되면 반드시 음성이 높고 표정을 사납게 짓지 않더라도 너그러움을 보이면 장형을 맞은 것 같이 스스로 잘못을 깨닫게 될 것이다.

수령이 집행할 수 있는 형벌은 태형 50대로 스스로 처단할 수 있으나 그 이상의 집행은 모두 함부로 마구 처형하는 것이므로 지나친 형벌에 속한다. 오늘날의 군자는 큰 곤장을 사용하기를 좋아하니 이태와 삼장으로는 스스로를 만족시키기에 유쾌한 기분은 아닌 것이다.

형벌로써 백성을 바로 잡겠다는 생각은 최하의 수단이다. 자신을 단속하고 법을 받들어서 엄정하게 임한다면 백성이 법을 범하지 않을 것이니 형벌은 없애 버려도 좋을 것이다.

예전의 어진 목민관은 반드시 형벌을 약화시켰으니 그 계책이 역사에 남아 아름다운 이름이 길이 빛나고 있다. 일시적 흥분으로 형장을 남용하는 것은 큰 죄악이다. 열성조의 남겨 놓은 훈계가 기록으로 빛나고 있다.

부녀자는 큰 죄가 있는 것이 아니면 형벌을 결행하지 않는다. 가장 작은 매인 신장으로 치는 것은 오히려 허용이 된다하더라도 볼기를 치는 것은 매우 욕된 일이다.

늙은이와 어린이를 고문해서는 안 된다고 율문에 기록되어 있다.

모진 형벌은 도적을 다스림에 있으니 일반 백성에게 경솔히 시행해서는 안 된다.

*신엄(申嚴): 거듭 엄중히 밝힘.

*관맹(寬猛): 너그럽고 사나움.

*율기봉법(律己奉法): 스스로를 단속하고, 법을 지킴.

제4조 휼수(恤囚)_ 죄수에게 온정을 베풀어라

獄者　陽界之鬼府也　獄囚之苦　仁人之所宜察也

옥자는 양계지귀부야니 옥수지고를 인인지소의찰야니라.

枷之施項　出於後世　非先王之法也

가지시항은 출어후세니 비선왕지법야니라.

獄中討索　覆盆之寃也　能察此寃　可謂明矣

옥중토색은 복분지원야니 능찰차원이면 가위명의리라.

疾痛之苦　雖安居燕寢　猶云不堪　況於犴陛之中乎

질통지고는 수안거연침이라도 유운불감이어늘 황어안폐지중호아?

獄者　無隣之家也　囚者　不行之人也　一有凍餒

옥자는 무린지가야며 수자란 불행지인야라 일유동뇌면

有死而已　獄囚之待出　如長夜之待晨　五苦之中

유사이이니라. 옥수지대출은 여장야지대신하고 오고지중에

留滯　其最也

유체가 기최야니라.

牆壁疎豁　重囚以逸　上司督過　亦奉公者之憂也

장벽소활하여 중수이일하면 상사독과하리니 역봉공자지우야니라.

歲時佳節　許其還家　恩信旣孚　其無逃矣

세시가절에 허기환가하여 은신기부하면 기무도의라.

久囚離家　生理遂絶者　體其情願　以施慈惠

구수이가하여 생리수절자는 체기정원하여 이시자혜하라.

老弱代囚　尙在矜恤　婦女代囚　尤宜難愼　流配之人

노약대수도 상재긍휼인데 부녀대수는 구의난신하며 유배지인은

離家遠謫　其情悲惻　館穀安揷　牧之責也

이가원적으로 기정비측이니 관곡안삽도 목지책야니라.

감옥은 사람이 사는 밝은 세상의 지옥과 같은 곳이니 옥에 갇힌 죄수의 고통을 어진 사람은 마땅히 살펴야 한다. 목에 칼을 씌우는 것은 후세에 나온 것으로 선왕들이 쓰던 법이 아니다. 옥중에서 강제로 금품을 빼앗기는 것은 남모르게 당하는 원통함이니 이 원통함을 살펴 드러낸다면 명관이라 말할 수 있을 것이다.

질병의 고통은 비록 좋은 집에 편안히 살아도 오히려 견디기가 어려운 일이거늘 하물며 옥중에서야 어떻겠는가?

감옥이란 돌볼 사람이 없는 집이요, 죄수란 자유가 없는 사람이다. 한번 추위와 굶주림이 몰아치면 죽음이 있을 따름이다. 옥에 갇힌 죄수가 출옥을 기다리는 것은 긴 밤에 새벽을 기다리는 것과 같고 옥중의 다섯 가지 고통 중에서 장기수가 되어 감옥 안에 오래 머

물러 지체하는 것이 가장 큰 고통이다.

감옥의 장벽이 허술하여 중죄수가 도망하면 상사의 문책을 받게 되니 또한 봉공하는 수령의 근심인 것이다.

세시나 명절 때에 죄수들에게 잠시 집으로 돌아가 쉬고 다시 돌아올 것을 허락하여 은혜와 신의로 서로 믿는다면 도망하는 자가 없을 것이다.

집을 떠나 오래 옥에 갇혀 있어서 자녀의 생산이 끊기게 된 자는 그 정상과 소원을 참작하여 잘 살펴서 부부가 함께할 수 있는 인자한 은혜를 베풀어야 한다.

죄수를 대신하여 늙고 약한 아버지나 아우를 가두는 것도 오히려 불쌍한 노릇인데 하물며 부녀자를 대신 가두는 일은 더욱 딱한 사정을 만드는 일이니 신중히 생각하고 삼가해야 할 것이다.

유배되어 온 사람은 집을 떠나 멀리 귀양살이를 하는 것이므로 그 정상이 슬프고 측은하니 집과 양식을 주어 편안히 살게 도와주는 것도 또한 목민관의 책무인 것이다.

*휼인(恤人): 죄수를 가엾이 여김.

*양계(陽界): 이승. 밝은 세상.

*귀부(鬼府): 저승, 지옥. *枷- 칼 가.

*토색(討索): 남의 물품을 빼앗음.

*복분(覆盆): 엎어진 항아리 속, 안에서 벌어진 일을 알 수 없음.

*안거연침(安居燕寢): 평안히 생활하고, 편안히 잠을 잠.

*안폐(犴狴): 감옥. *犴 -옥 안. *狴 -옥 폐.

*소활(疎豁): 엉성함.

*세시가절(歲時佳節): 명절과 좋은 절기.

*유배(流配): 귀양살이.

*관곡(館穀): 집과 양식.

제5조 금포(禁暴)_ 폭력을 엄하게 단속

禁暴止亂　所以安民　搏擊豪强　毋憚貴近
금포지란은 소이안민이니 박격호강하여 무탄귀근은

亦民牧之攸勉也
역민목지유면야니라.

權門勢家　縱奴豪橫　以爲民害者　禁之
권문세가에서 종노호횡하여 이위민해자는 금지하고

禁軍豪寵　內官橫恣　種種憑藉　皆可禁也
금군호총으로 내관횡자하여 종종빙자는 개가금야니라.

土豪武斷　小民之豺虎也　去害存羊　斯謂之牧
토호무단은 소민지시호야니 거해존양이 사위지목이니라.

惡少任俠　剽奪爲虐者　亟宜戢之　不戢　將爲亂矣
악소임협하여 표탈위학자는 극의즙지하며 부즙이면 장위란의니라.

횡포와 난동을 금지함은 백성을 편안케 하는 방법이니 재산이 많고 세도를 부리는 자를 단속하고, 귀족이나 그 측근에게도 꺼림 없이 대하는 것은 목민관으로서 마땅히 힘써야 할 일이다. 권문세가에서 종을 풀어 횡포를 부림으로써 백성들에게 해가 될 때는 이를 금해야 한다. 임금의 호위 군사들이 임금의 총애를 믿고, 내관이 제멋대로 날뛰며 여러 가지 구실로 백성을 괴롭힌다면 이도 모두 금해야 한다. 지방 호족이 권력을 부려 횡포를 일삼는 것은 약한 백성에게는 늑대와 호랑이의 포악과 같이 두려우니 양같이 순한 백성에게 끼치는 폐해를 제거하여 보호하는 것이 참된 목민관의 임무라고 말할 수 있다. 질 나쁜 소년들이 의협심으로 협기를 부려 남의 물건을 약탈하며 포악하게 행동할 때는 마땅히 이를 조속히 금지해야 하며 이를 사전에 금지하지 않으면 장차 더 큰 난동으로 비화될 수 있다.

豪强之虐　毒痛下民　其竇尙多　不可枚擧
호강지학이 독부하민인데 기두상다하여 불가매거하고

狹邪奸淫　携妓宿娼者　禁之　市場酗酒
협사간음하며 휴기숙창자는 금지하고 시장후주하며

掠取商貨　街巷酗酒　罵詈尊長者　禁之
약취상화나 가항후주하여 매리존장자는 금지니라.

賭博爲業　開場群聚者　禁之　俳優之戱　傀儡之技
도박위업하고 개장군취자는 금지하고 배우지희와 괴뢰지기와

儺樂募緣　妖言賣術者　竝禁之
나악모연으로 요언매술자는 병금지하라.

私屠牛馬者　禁之　懲贖則不可
사도우마자를 금지하고 징속즉불가니라.

印信僞造者　察其情犯　斷其輕重
인신위조자는 찰기정범하여 단기경중하라.

族譜僞造者　罪其首謀　宥其從者
족보위조자는 죄기수모하고 유기종자하라.

호족들의 횡포가 약한 백성들을 병들게 하고 해독을 끼치는데 그 방법이 너무도 많아서 일일이 들어 말할 수 없을 정도이다.

도량이 넓지 못한 관리들이 간사하고 음탕하여 기생을 데리고 다니며 창녀 집에서 기숙하는 자들이 많으니 이를 금해야 한다. 시장에서 술주정하며 상점의 물건을 갈취하거나 거리나 골목에서 술주정하며 윗사람에게 욕질을 하는 자를 엄히 금해야 한다.

도박을 업으로 삼고 노름판을 벌이며 패거리를 지어 모이는 것을 금해야 한다.

광대 놀이와 꼭두각시 재주, 푸닥거리나 경을 읽거나 풍악으로 사람을 모으고 요사스런 말로 술책을 부리는 것을 다 같이 금해야 한다.

사사로이 소나 말을 도살하는 것을 금해야 하고 돈을 바쳐 죗값을 대신하게 하는 것은 옳은 일이 아니다.

도장을 위조한 자는 그 범죄의 정상을 살펴서 경중을 판단하여 처단한다.

족보를 위조한 자는 그 주모자에게만 벌을 주고 이에 공범자는 용서한다.

*금포(禁暴): 횡포를 막음.

*박격(搏擊): 쳐서 물리침.

*귀근(貴近): 귀한 신분과 임금 측근의 인척이나 신하.

*금군(禁軍): 궁을 지키며 임금을 호위하는 군사, 금위군(禁衛軍).

*호총(怙寵): 임금의 총애를 믿음.

*내관(內官): 내시(內侍), 환관(宦官).

*호토(土豪): 그 지방의 세력가들.

*시호(豺虎): 이리와 호랑이.

*존양(存羊): 양같은 백성.

*후주(酗酒): 술주정.

*매리(罵詈): 꾸짖고 욕함.

*괴뢰(傀儡): 꼭두각시.

*나악(儺樂): 푸닥거리.　*儺 -역귀 쫓을 나.

제6조 제해(除害)_ 해로운 사물을 없애라

爲民除害 牧所務也 一曰盜賊 二曰鬼魅 三曰虎狼

위민제해는 목소무야니 일왈도적이요 이왈귀매요 삼왈호랑이니

三者息 而民患除矣

삼자식이라야 이민환제의리라.

盜所以作 厥有三繇 上不端表 中不奉命

도소이작에는 궐유삼유하니 상불단표하고 중불봉명하며

下不畏法 雖欲無盜 不可得也

하불외법하니 수욕무도라도 불가득야니라.

宣上德意 赦其罪惡 棄舊自新 各還其業上也

선상덕의하여 사기죄악하고 기구자신하여 각환기업상야니라.

如是然後 改行屛跡 道不拾遺 有恥且格

여시연후에야 개행병적하며 도불습유하고 유취차격이니

不亦善乎 奸豪相聚 怙惡不悛 剛威擊斷

불역선호아? 간호상취하여 호악불전하면 강위격단하여

以安平民 抑其次也

이안평민도 억기차야리라.

懸賞許赦 使之相捕 使之相告 以至殘滅 又其次也

현상허사하여 사지상포나 사지상고하여 이지잔멸이 우기차야니라.

朱墨之識　表其衣裾　以辨禾秀　以資鋤拔　亦小數也

주묵지지로 **표기의거**는 **이변화수**하여 **이자서발**이니 **역소수야**니라.

백성을 위하여 해를 제거하는 것은 목민관의 임무이다.

그 첫째는 도적이요, 둘째는 귀신붙이요, 셋째는 호랑이이니 이 세 가지가 사라져야 백성의 근심도 없어질 것이다.

도적이 생기는 데에는 세 가지 이유가 있다. 위에서는 행실을 바르게 갖지 않고, 중간에서는 명령을 받들어 행하지 않으며 아래에서는 법을 두려워하지 않기 때문이다. 그런 까닭에 아무리 도적을 없애려 해도 어찌할 도리가 없는 것이다.

임금의 어진 뜻을 깨우치게 하여 그 죄악을 용서해 주고 옛 잘못을 버리고 스스로 새로워져서 각각 그들의 본업으로 돌아가게 하는 것이 도적을 없애는 최상책이다. 이와 같이 한 후에야 행실을 고치고 도심이 자취를 감추며 길에서는 흘린 것을 줍지 않고 부끄러움을 느끼며 올바른 길로 들어서게 될 것이니 이 또한 착한 일이 아니겠는가?

간악하고 세력 있는 자들이 서로 모여 악을 행하고 뉘우치지 않으면 굳센 위력으로 쳐부숴서 백성을 편안케 하는 것도 도적을 없애는 그다음 방법일 것이다. 현상을 걸어 용서하여 줄 것을 허락해 서로 잡아들이거나 고발하게 하여 힘을 잃어 없어짐에 이르도록 하는 것이 또 그다음 방법일 것이다.

붉은 빛과 먹물로 옷에 표시하는 것은 곡식과 가라지를 분별해 김매는 데 도움이 되게 함이나 사람에게도 인용한다면 도둑을 가려내는 또한 작은 계책이 될 것이다.

僞轝運喪　譎盜之恒例也　僞計察哀　泂盜之小數也

위여운상은 휼도지한례야요 위계찰애는 형도지소수야니라.

運智出謀　鉤深發其幽隱　唯能者爲之

운지출모하여 구심발기유은은 유능자위지니라.

察理辨物　物莫遁情　唯明者爲之

찰리변물하면 물막둔정이니 유명자위지니라.

凶年子弟多暴　草竊小盜　不足以大懲也

흉년자제다폭하니 초절소도는 부족이대징야니라.

枉執平民　鍛之爲盜　能察其寃　雪之爲良

왕집평민하여 단지우도하니 능찰기원하여 설지위양이면

斯之謂仁牧也　誣引富民　枉施虐刑　爲盜賊執仇

사지위인목야니라. 무인부민하여 왕시학형은 위도적집구이며

爲吏校征貨　是之謂昏牧也
위이교정화이니 시지위혼목야니라.

鬼魅作變　巫導之也　誅其巫　毁其祠　妖無所憑也
귀매작변은 무도지야이니 주기무하고 훼기사라야 요무소빙야니라.

假託佛鬼　妖言惑衆者　除之
가탁불귀하여 요언혹중자는 제지하라.

憑依雜物　邪說欺愚者　除之
빙의잡물하여 사설기우자는 제지하라.

虎豹啖人　數害牛豕　設機弩穽獲　以絶其患
호표담인하고 삭해우시하면 설기노정획하여 이절기환하라.

상여를 위장하여 비밀리에 물건을 운반하는 것은 간사한 도적이 항상하는 짓이요, 초상을 빙자하여 문상에 참여한 사람들이 진실로 슬퍼하는가를 살핌은 관리가 도적을 조사하는 작은 술수이다. 지혜를 짜내고 꾀를 써 깊은 것을 캐내고 숨은 것을 들추는 것은 오직 능한 자만이 할 수 있는 일이다. 이치를 살피고 사물을 분간하면 사물이 그 실상을 숨기지 못하나니 오직 명석한 자만이 할 수 있을 것이다.

흉년이 들면 젊은이들의 횡포가 많아지니 보잘것없는 좀도둑들은 크게 징계하지 않아도 된다.

잘못 판단하여 평민을 잡아다 고문하여 억지로 도둑을 만드는 경우가 있는데 그 원통함을 살펴서 누명을 벗기고 다시 선량한 백성으로 돌아가게 한다면 이를 어진 목민관이라고 할 것이다. 거짓 죄를 꾸며 돈 있는 백성을 잡아다 함부로 혹독한 형벌을 가함은 도둑을 위해 원수를 갚아주는 격이며 아전을 위해 돈을 벌게 해줌이니 이를 일러 눈이 먼 목민관이라 할 것이다. 귀신과 도깨비의 장난은 무당의 짓이니 무당을 벌하고 그 당집을 헐어야만 요마가 의지할 곳이 없어질 것이다.

부처나 귀신을 빙자하여 요사스런 말로 대중을 현혹시키는 자는 제거하여야 한다. 잡된 물건들을 빙자하여 요사스러운 말로 어리석은 사람을 속이는 자는 제거하여야 한다. 호랑이나 표범이 사람을 물고 여러 차례 소나 돼지를 해치면 틀을 놓고 함정을 만들며 활과 칼 등 무기를 써서 이를 잡아 그 근심을 없애도록 한다.

*제해(除害):피해를 막음.

*귀매(鬼魅): 귀신과 도깨비.

*단표(端表): 단정함.

*외법(畏法): 법을 두려워 함. *拾 -주울 습.

*화수(禾秀): 벼와 가라지, 참과 거짓, 알갱이와 쭉정이.

*위여(僞轝): 거짓으로 꾸민 상여.

*휼도(譎盜): 간사한 도적. *譎 -간사할 휼.

*운지설기(運智設機): 지혜를 쓰고, 계획을 세움.

*유은(幽隱): 깊숙이 숨음.

*무인(誣引): 거짓말로 끌어들임.

*혼목(昏牧): 어리석은 수령.

*호표(虎豹): 호랑이와 표범.

*정획(穽獲): 함정.

제10장
공전육조(工典六條)

제1조 산림(山林)_ 소중하게 산림을 가꾸자

山林者 邦賦之所出 山林之政 聖王重之也

산림자는 방부지소출이니 산림지정을 성왕중지야니라.

封山養松 其有癘禁 宜欉守之 其有奸弊 宜細察之

봉산양송은 기유려금이니 의근수지하며 기유간폐니 의세찰지니라.

私養山之禁 其私伐與封山同 封山之松

사양산지금과 기사벌여봉산동이니 봉산지송이

寧適朽棄不可以請用也

영적후기불가이청용야니라.

黃腸曳木之役 其有奸弊者 察之

황양예목지역에는 기유간폐자니 찰지니라.

商賈潛輸禁松之板者 禁之 謹於法而廉於財斯可矣

상고잠수금송지판자는 금지니 근어법이렴어재사가의니라.

植松培松 雖有法條 能弗害之而已矣 何以植之

식송배송이 수유법조나 능불해지이이의라면 하이식지리오.

諸木栽植之政 亦徒法而已

제목재식지정은 역도법이이니라.

量可久任 宜遵法典 知其速遞 無自勞矣

양가구임이면 의준법전이나 지기속체어든 무자로의리라.

嶺隘養木之地　其有厲禁　宜謹守之
영애양목지지에는 기유려금이니 의근수지니라.

산림은 나라에 바치던 공물과 세금이 나오는 곳이므로 산림에 관한 정사는 옛날 어진 임금들은 매우 소중히 여겨 왔다. 봉산에서 소나무를 키우는 일에 관해서는 나라에서 내린 엄중한 규범이 있으므로 마땅히 신중하게 지켜야 하며 농간이나 폐단이 있나를 세밀히 살펴야 한다.

개인이 소나무를 기르는 산에서도 함부로 벌채를 못하게 하는 것은 봉산의 규범과 같은 이유에서이다. 봉산의 소나무가 차라리 썩어서 버릴지언정 사용하기를 청해서는 안 된다.

나라의 관목을 기르는 봉산에서 벌채나 나무를 끌어내리는 부역에서 농간하는 폐단이 있으니 자세히 살펴야 한다.

장사꾼들이 금지한 산의 송판을 몰래 빼어내는 일이 있으니 이를 막아야 하며 이런 일이 없으려면 장사꾼 스스로가 삼가 법을 준수하며 재물에 청렴해야만 이를 금할 수 있다.

소나무를 심고 가꾸어 기르는 것이 비록 법조문이 있긴 하나 마구 해쳐 베어내지 않는다면 구태여 다시 심을 필요가 있겠는가? 여러 가지 나무를 심어 가꾸는 정사는 또한 헛된 법일 뿐이다. 목민관이 오래 유임된다고 생각한다면 마땅히 법전을 준수해야 마땅하나 속히 벼슬이 바뀐다는 것을 안다면 오랜 세월 정성을 들여야 하는 산림사업에 스스로 수고하지 않을 것이다. 높고 험한 산 사이의 좁은 길이 있는 곳은 군사적 요새가 될 수 있으므로 나무 기르는 땅에는 엄중한 금법이 있으니 마땅히 삼가 지켜야 할 것이다.

山腰禁耕之法　宜有測定　不可縱弛　亦不可膠守也

산요금경지법은 의유측정하고 불가종이하며 역불가교수야니라.

西北蔘貂之稅　宜從寬假　其或犯禁　宜從闊略

서북삼초지세는 의종관가하고 기혹범금이라도 의종활약이니라.

東南貢蔘之弊　歲加月增　盡心稽察　毋至重斂

동남공삼지폐가 세가월증이니 진심계찰하여 무지중렴이니라.

金銀銅鐵　舊有店者　察其奸惡　新爲鑛者　禁其鼓冶

금은동철로 구유점자는 찰기간악하고 신위광자는 금기고치니라.

土産寶物　無煩採掘　以爲民病

토산보물을 무번채굴하여 이위민병이니라.

採金之法　又有新方　苟有朝令　試之無妨

채금지법이 우유신방인데 가유조령이면 식지무방이니라.

산허리의 경작을 금지하는 법은 마땅히 높낮이를 측량하는 표준이 있어야 한다. 함부로 나라의 법을 누그러뜨릴 수도 없으며 또한 융통성 없이 법을 지키기만 하기도 어렵다.

서북지방에서 생산되는 인삼이나 담비 가죽에 대한 세금은 마땅히 너그럽게 해주어야 하고 혹시 금한 법을 어기더라도 마땅히 너그럽게 처리하여야 한다.

동남부지방에서 인삼을 공납하는 폐단이 해마다 늘어나고 날로 더해지니 마음을 다하여 자세히 검토하고 살펴서 과중하게 거두어들이지 않도록 해야 한다.

예전부터 있던 금, 은, 구리, 철의 광산은 광산을 중심으로 난을 일으키려는 간악한 자들이 모여들지 않는가, 없는가 살펴야 하고 새로 광산을 채굴하려는 자에게는 그 제련하는 설비를 금지해야 한다.

지방에서 나는 보물을 무분별하게 채굴해서 백성들에게 병폐가 되는 일이 없게 하라.

채금하는 방법이 날로 새로워지고 있는데 진실로 조정에서 명이 내린다면 시험해 봐도 무방할 것이다.

*방부(邦賦): 나라에 바치는 진상품과 조세, 공부(貢賦).

*봉산(封山): 나라에서 관재 등을 얻기 위해 벌채를 금한 산.

*후기(朽棄): 썩어서 버림.

*황장봉산(黃腸封山): 궁궐의 관목(棺木)을 구하기 위해 나무를 기르는 산.

*曳-끌 예.

*상고(商賈): 장사꾼.

*금송(禁松): 나라에서 벌채를 금한 소나무.

*재식(栽植): 심고 가꿈.

*속체(速遞): 빨리 벼슬이 갈림.

*영애(嶺隘): 험한 고개.

*종이(縱弛): 늦춤.

*교수(膠守): 요령 없이 지킴.

*초피(貂皮): 담비 가죽.

제2조 천택(川澤)_ 수리시설의 관리

川澤者　農利之所本　川澤之政　聖王重焉

천택자는 농리지소본이니 천택지정은 성왕중언이니라.

川流逕縣　鑿渠引水　以漑以灌

천류경현하면 착거인수하여 이개이관이라.

與作公田　以補民役　政之善也

여작공전하여 이보민역도 정지선야니라.

小曰池沼　大曰湖澤　其障曰陂　亦謂之堤

소왈지소라하고 대왈호택이라하여 기장왈파니 역위지제인데

所以節水

소이절수니라.

此澤上者水之所以爲節也　東土名湖　僅有七八

차택상자수지소이위절야니라. 동토명호가 근유칠팔이요

餘皆窄小　然且鋒合而不修矣

여개착소며 연차봉합이불수의니라.

土豪貴族　擅其水利　專漑其田者　嚴禁

토호귀족이 천기수리하여 전개기전자는 엄금이니라.

내와 못은 농사 이익의 근본이 되므로 천택의 정치를 옛날의 어진 임금들은 소중히 여겼다. 냇물이 고을을 끼고 흐르면 도랑을 파고 물을 끌어들여 전답에 대고, 백성과 더불어 공동으로 논밭을 경작케 하여 백성의 힘을 가볍게 하는 것이 선정의 하나였다. 작은 것을 못과 늪이라 하고 큰 것을 호택이라 하며 막는 것을 방축 또는 제방이라 하는데 이는 물을 조절하기 위함이다.

이것은 주역의 수택절 괘에서 못에 물이 들어 차는 것을 절이라 하였으니 만물의 질서가 절에서 비롯되는 까닭이다.

우리나라에는 호수라고 이름 하는 것이 겨우 7, 8군데가 있을 뿐이다. 그 나머지는 모두 폭이 좁고 작으며 그나마도 쑥 덩굴이 우거져 물길이 막히는 데도 수리하지 않은 것이 대부분이다.

토호와 귀족들이 수리 시설을 멋대로 하여 자기 전답에만 물을 대는 것은 엄금해야 한다.

若瀕海捍潮　內作膏田　是名海堰　江河之濱
약빈해한조하고 내작고전하면 시명해언이니라. 강하지빈이

連年衝決　爲民巨患者　作爲堤防　以安厥居
연년충결하여 위민거환자는 작위제방하여 이안궐거니라.

漕路所通　商旅所聚　疏其汎溢　固其堤防　亦善務也
조로소통과 상려소취는 소기범일하고 고기제방도 역선무야니라.

池澤所産　魚鼈蓮芡菱蒲之屬　爲之厲守　以補民役
지택소산은 어별연검능포지속이니 위지여수하여 이포민역이요

不可自取以養己
불가자취이양기이니라.

바닷가를 따라 밀물이 안으로 들어오는 것을 막아 기름진 전지를 만들기도 하는데 바다를 막은 제방을 해언이라고 부르기도 한다.

강과 하천의 물가 근처는 해마다 홍수로 인해 둑이 무너져서 큰 피해를 입고 있으니 그곳에 제방을 쌓아 백성의 생활을 안정시켜야 한다.

뱃길이 지나는 곳과 상인과 나그네가 모여드는 곳에 물이 범람하는 것을 막기 위해 제방을 견고하게 쌓는 것도 또한 좋은 치적의 하나이다.

연못에서 생산되는 물고기, 자라, 연마름, 부들, 등에 속하는 것들은 하여온 대로 엄하게 지켜서 거기서 나오는 이익을 백성의 생활에 보충해야 하며 수령 스스로 취해서 자신을 살찌게 해서는 안 된다.

*천택(川澤): 내와 못.

*경현(逕縣): 고을을 지나감.

*착거(鑿渠): 도랑을 팜.

*鑿 - 뚫을 착. *渠 -도랑 거. *窄 -좁을 착. *瀕 -물가 빈.

*堰 -둑 언.

*상려(商旅): 장사꾼.

*어별(魚鼈): 물고기와 자라.

*연검(蓮芡): 연마름.

*능포(陵蒲): 부들.

제3조 선해(繕廨)_ 청사의 환경을 미화하고 보수

廨宇頹圮　上雨旁風　莫之修繕　任其崩毁

해우퇴비하여 **상우방풍**에도 **막지수선**하고 **임기붕훼**면

亦民牧之大咎也

역민목지대구야니라.

律有擅起之條　邦有私建之禁　而先輩於此　自若修學

율유천기지조하고 **방유사건지금**이나 **이선배어차**에 **자약수학**이니라.

樓亭閒燕之觀　亦城邑之所不能無者

누정한연지관은 **역성읍지소불능무자**니라.

吏校奴隷之屬　宜令赴役　募僧助事　是亦一道

이교노예지속은 **의령부역**하며 **모승조사**도 **시역일도**니라.

鳩材募工　總有商量　弊竇不可不先塞　勞費不可不思省

구재모공은 **총유상량**하라. **폐두불가불선색**이며 **노비불가불사생**이니라.

治廨既善　栽花種樹　亦淸士之跡也

치해기선이면 **재화종수**도 **역청사지적야**니라.

관사가 기울거나 무너져서 비가 새고, 바람이 들이쳐도 수선하지 않고 무너지고, 헐어지도록 내버려 두는 것 또한 목민관의 큰 잘못

이다.

율법에 함부로 공사를 일으키는 자를 벌하는 조항이 있고 나라에서도 사사로이 건축하는 것을 금하는 법령이 있으나 앞 사람들은 여기에 구애됨이 없이 스스로 수선 공사를 해왔던 것이다.

누각이나 정자의 한가하고 운치 있는 경관은 또한 성읍에 없어서 안 될 관상물이다.

아전이나 군교나 노예의 무리도 마땅히 부역에 나가야 하며 승려들을 모아 일을 돕게 하는 것도 또한 한 가지 방법이다.

재목을 모으고 공사 일꾼을 모집하는 일은 어디까지나 잘 계획하여야 한다. 폐단이 생길 구멍을 먼저 틀어막지 않을 수 없으며 노력과 비용의 절감도 생각하지 않을 수 없는 것이다. 청사의 수리가 잘 마무리되면 꽃을 가꾸고 나무를 심는 것 또한 선비의 맑은 자취이다.

*해우(廨宇):청사의 관사.

*대구(大咎): 큰 허물.

*한연(閑燕): 한가하고 운치 있는 경관.

*구재(鳩材): 재목을 모음.

*폐두(弊竇): 폐단이 일어나는 틈.

제4조 수성(修城)_ 성곽을 수리

修城浚濠 固國保民 亦守土者之職分也

수성준호하여 고국보민은 역수토자지직분야니라.

兵興敵至 臨急築城者 宜度其地 勢順其民情

병흥적지하여 임급축성자라면 의탁기지하고 세순기민정하니라.

城而不時 則如勿城 必以農隙 古之道也

성이불시하면 즉여물성이니 필이농극이 고지도야니라.

古之所謂築城者 土城也 臨難禦寇 莫如土城

고지소위축성자는 토성야이며 임난어구에는 막여토성이니라.

堡垣之制 宜遵尹耕堡約 其雉堞敵臺之制 宜益潤色

보원지제는 의준윤경보약하며 기치첩적대지제는 의익윤색이니라.

其在平時 修其城垣 以爲行旅之觀者 宜因其舊

기재평시에 수기성원하여 이위행여지관자면 의인기구하여

補之以石

보지이석이니라.

성을 수리하고 성호를 파서 국방을 튼튼히 하고 백성을 보호하고 국토를 지키는 일 역시 수령의 직분이다.

전쟁이 일어나 적이 몰려오는 급박한 때를 당하여 성을 쌓게 된다면 마땅히 그 지세를 살피고 그곳 백성의 뜻에 순응하도록 해야 한다.

성을 쌓되 시기를 놓쳤다면 성을 쌓지 않는 것만 못하니 반드시 농한기 때에 쌓는 것이 옛날의 방법이다. 옛날에 이른바 성을 쌓았다 함은 일반적으로 토성을 말하며 변란에 임하여 도적을 방어하는 데는 흙으로 쌓는 성만 한 것이 없다 할 것이다.

몸을 숨겨 적을 공격할 수 있도록 성 위에 낮게 덧쌓은 담인 성가퀴의 제도는 마땅히 윤경이 지은 『윤경보약』을 따라야 하며 그의 성가퀴와 망루의 제도는 마땅히 좀 더 연구하여 발전시켜 나가야 할 것이다. 평시에 성곽을 수리하여 지나는 나그네로 하여금 관람하게 하려면 마땅히 그 옛것대로 돌로 보수해야 할 것이다.

*濠 -해자 호 . 해자 -적이 들어오지 못하도록 성 둘레에 파는 못.

*농극(農隙): 농사의 여가, 농한(農閑).

*치첩(雉堞): 성가퀴-성에 낮게 담을 쌓아 몸을 숨기고, 적을 공격하도록 만든 곳.

제5조 도로(道路)_ 길을 닦음

修治道路　使行旅願出於其路　亦良牧之政也

수치도로하여 사행려원출어기로는 역량목지정야니라.

橋梁者　濟人之具也　天氣旣寒　宜卽成之

교량자는 제인지구야니 천기기한이면 의즉성지니라.

津不闕舟　亭不缺堠　亦商旅之所樂也

진불궐주하고 정불결후면 역상려지소락야니라.

店不傳任　嶺不擡橋　民可以息肩矣

점부전임하고 영부대교면 민가이식견의리라.

店不匿奸　院不恣淫　民可以淑心矣

점불익간하고 원불자음하면 민가이숙심의니라.

路不鋪黃　畔不植炬　斯可曰知禮矣

노불포황하고 반불식거하면 사가왈지례의니라.

도로를 닦고 수리해서 오가는 행인들로 하여금 그 길로 다니기를 원하게 하는 것은 또한 어진 목민관의 정사인 것이다.

교량은 사람을 건네주는 시설이니 날씨가 추워지면 즉시 가설해야 할 것이다.

나루터에 배가 없는 곳이 없고 역마을에 이정표가 없는 일이 없으면 또한 행상과 나그네가 즐거워하는 바이다.

여관에서 물건을 져 나르게 하지 않고 고개에서 가마를 메게 하지 않는다면 백성들이 어깨를 쉴 수 있을 것이다. 객점에서 간악한 자를 숨기지 아니하고 역이 있는 마을에서 음탕한 행동을 함부로 하지 않는다면 백성들의 마음이 맑아질 것이다.

임금님 행차 때에만 갖추는 예이니 길에 황토를 펴지 아니하고 길가에 횃불을 세우지 아니하면 예를 안다고 할 수 있을 것이다.

*정(亭): 역마을.

*후(堠): 이정표.

제6조 장작(匠作)_ 제조업

工作繁興　技巧咸萃　貪之著也　雖百工具備　而絶無製

공작번흥하고 기교함췌는 탐지저야라 수백공구비라도 이절무제

造者　淸士之府也

조자는 청사지부야니라.

設有製造　毋令貪陋之腸　達於器皿

설유제조라도 무령탐루지장이 달어기명하라.

凡器用製造者　宜有印帖　作爲農器　以勸民耕

범기용제조자에는 의유인첩하고 작위농기하여 이권민경하며

作爲織器　以勸女功　牧之職也　作爲田車　以勸農務

작위직기하여 이권여공은 목지직야니라. 작위전거하여 이권농무하고

作爲兵船　以設戎備　牧之職也

작위병선하여 이설융비도 목지직야니라.

講燒甓之法　因亦陶瓦　使邑城之內　悉爲瓦屋　亦善政

강소벽지법하고 인역도와하여 사읍성지내를 실위와옥도 역선정

也　量衡之家異戶殊　雖莫之救　諸倉諸市　宜令劃一

야며 양형지가이호수는 수막지구나 제창제시는 의령획일이니라.

물건을 다량으로 만들거나 뛰어난 기술자를 독점해 모으는 것은

탐욕을 드러내는 것이다. 비록 가지가지 공장에 모든 것이 갖추어졌다 하더라도 무절제하게 물건을 제조하지 않는 것이 청렴한 선비의 관청인 것이다.

설사 제조하는 일이 있더라도 제조한 기물이나 그릇에 그 탐욕스럽고 비루한 마음이 스며들지 않도록 하라.

무릇 기물을 제조하는 데에는 마땅히 관인이 찍힌 증서가 있어야 한다. 농기구를 만들어서 백성들에게 경작을 권장하며, 베짜는 기계를 만들어서 부녀들의 길쌈을 권장하는 것은 목민관의 직책인 것이다.

전거를 만들어서 농사를 권장하고 병선을 만들어서 전쟁에 대비하는 것도 목민관의 직책인 것이다.

벽돌 굽는 법을 장려하고, 기와를 구어서 고을 안의 집들을 모두 기와로 덮는 것도 또한 잘하는 정치이다.

되와 저울이 집집마다 다른 것은 어쩔 수 없으나 모든 창고와 시장의 것은 통일해야 한다.

*장작(匠作): 공산품을 만듦.

*인첩(印帖): 증명서.

*府 -관청 부, 행정기관.

*전거(田車): 풀을 운반하고, 분뇨를 실어내고, 곡식을 실어나르는 데 필요한 수레, 적재량이 소 네 필이 끌 만한 규모임.

제11장
진황육조(賑荒六條)

제1조 비자(備資)_ 흉년에 대비하여 물자를 비축

荒政　先王之所盡心　牧民之才　於斯可見　荒政善

황정은 **선왕지소진심**이니 **목민지재**를 **어사가견**하여 **황정선**이면

而牧民之能事畢矣

이목민지능사필의리라.

救荒之政　莫如乎預備　其不預備者　皆苟焉而已

구황지정은 **막여호여비**이니 **기불예비자**라면 **개구언이이**니라.

穀簿之中　別有賑穀　本縣所儲　有無虛實　亟爲查檢

곡부지중에는 **별유진곡**이니 **본현소저**에 **유무허실**을 **극위사검**이니라.

歲事既判　亟赴監營　以議移粟　以議蠲租

세사기판이면 **극부감영**하여 **이의이속**하며 **이의견조**니라.

與其移粟於遠道　莫若留財於本地　兩便之政　宜議仰請

여기이속어원도는 **막약류재어본지**니 **양편지정**을 **의의앙청**하라.

補賑諸物　厥有內頒　繼述之政　遂以成例　上恩雖均

보진제물은 **걸유내반**하며 **계술지정**이 **수이성렬**이니라. **상은수균**이라도

亦唯良牧　克獲承受

역유양목이 **극획승수**리라.

흉년의 정사는 선왕들도 마음을 기울여 폈던 바이니 목민관의 그

릇도 여기에서 드러날 수 있겠다. 흉년에 정사를 잘 꾸려 나갔다면 목민관이 큰일은 다했다고 할 수 있다. 흉년에 백성을 구제하기 위해서는 평시에 미리미리 준비하는 것이 상책이나 미리 준비해 두지 않았다면 모든 것이 어려워질 것이다.

곡식 장부에는 따로 백성을 구제하는 곡식이 마련되어 있으니 본 고을에 저축한 것이 있는지 없는지와 장부와 일치하는지 그렇지 않은지를 자주 조사해야 한다.

그해의 농사가 이미 흉작이라고 예견되면 급히 감영으로 달려가 곡식 옮겨올 것과 조세를 감면해 줄 것을 의논하여야 한다. 먼 곳으로 곡식을 옮기는 것은 그 고장에 머물러 두는 것만 못하니 두 가지를 다 편리하게 하는 정사를 의논해서 위에 청해야 한다.

구제에 보탬이 되는 모든 물건을 궁중에서 하사하는 바가 있으며 그것을 계승하는 정사가 관례로 되어 오고 있다. 그러나 임금의 은혜가 비록 고르다 할지라도 이를 적극적으로 받아 백성들에게 나누어 주어야지 망설이거나 주저하여서는 안 된다. 이는 오직 어진 목민관만이 능히 받아들일 수 있을 것이다.

御史不來 管賑監賑 亟宜往謁 以議賑事
어사불래하여 **관진감진**이어든 **극의왕알**하여 **이의진사**하라.

隣境有粟 宜卽私糴 須有朝令 乃毋遏也
인경유속이면 **의즉사적**이니 **수유조령**이라도 **내무알야**니라.

其在江海之口者 須察邸店 禁其橫暴 使商船湊集
기재강해지구자는 **수찰저점**하여 **금기횡폭**하고 **사상선주집**하라.

不俟詔令 便宜發倉 古之義也 使臣之行也 則何敢焉
불사조령하고 **편의발창**이 **고지의야**며 **사신지행야**이니 **즉하감언**이리오.

어사가 불시에 내려오는 것은 관에서 흉년에 곤궁한 백성을 구원하고 도와주고 있는가를 관리하고 살피려는 것이니 마땅히 급하게 가서 만나고 곤궁한 백성을 위할 일을 같이 의논해야 한다. 이웃 고을에 곡식이 있으면 사사로이 사들어야 할 것이니 비록 조정의 명령이 있더라도 이를 막을 수는 없을 것이다. 강이나 바다의 어귀에서는 모름지기 객주 집을 살펴서 그 횡포를 금하고 장삿배들이 모여들게 해야 한다. 조서와 명령을 기다리지 않고 형편에 따라 창고를 열어 곡식을 방출하는 것이 예부터 내려오던 관습이다. 그러나 이는 사신의 행적이니 현령이 함부로 시행하는 것을 삼가야 한다.

*황정(荒政): 흉년에 백성을 무사히 구제하는 정사.

*목민지재(牧民之才): 목민의 능력.

*곡부(穀簿): 곡식 장부.

*진곡(賑穀): 구호미(救護米).

*세사(歲事): 농사.

*이속(移粟): 구제 창고로부터 흉년든 지방으로 곡식을 옮김.

*내반(內頒): 궁궐에서 내려줌.

*계술(繼述): 잘 이어받아 행함..

*사적(私糴): 개인적으로 사들임. *糴 -곡식 사들일 적.

*저점(邸店): 점포와 여관.

*주집(湊集): 몰려듦. *湊 -몰려들 주.

*조령(詔令): 임금의 명령.

제2조 권분(勸分)_ 구제하기를 권장

勸分之法 遠自周代 世降政衰 名實不同 今之勸分

권분지법은 원자주대이나 세강정쇠하여 명실부동이니 금지권분은

非古之勸分也

비고지권분야니라.

中國勸分之法 皆是勸糶 不是勸饟 皆是勸施 不是勸納

중국권분지법은 개시권조요 불시권희며 개시권시요 불시권납이며

皆是身先 不是口說 皆是賞勸 不是威脅

개시신선이요 불시구설이며 개시상권이요 불시위협이니

今之勸分者 非禮之極也

금지권분자는 비례지극야라.

吾東勸分之法 使民納粟 以分萬民 雖非古法

오동권분지법은 사민납속하여 이분만민이니 수비고법이나

例已成矣 察訪別坐 酬之以官 闕有故事 載於國乘

예이성의 찰방별좌수지이관 궐유고사이며 재어국승하고

將選饒戶 分爲三等 三等之內 又各細剖

장선요호는 분위삼등하고 삼등지내를 우각세배니라.

乃選鄉望 排日敦召 採其公議 以定饒戶

내선향망하여 비일돈소하고 채기공의하여 이정효호니라.

勸分也者 勸其自分也 勸其自分 而官之省力多矣
권분야자는 권기자분야니 권기자분하면 이관지생역다의리라.

勸分令出 富民魚駭 貧士蠅營 樞機不愼 其有貪天
권분영출이면 부민어해하고 빈사승영이니 추기불신하면 기유탐천하여

以爲己者矣
이위이자의리라.

竊貨於飢吻之中 聲遠邊邀 殃流苗裔 必不可萌於心也
절화어기문지중이면 성원변요하고 앙류묘예니 필불가붕어심야니라.

南方諸寺 或有富僧 勸取其粟 以贍環山 以仁俗族
남방제사에 혹유부승이면 권취기속하여 이섬환산하고 이인속족도

抑所宜也
억소의야니라.

재난 구제의 법은 멀리 주나라 때부터 시작된 것이나 세상이 그릇되고 정치가 쇠하여서 내용과 실지가 같지 않아졌으니 지금의 권분이란 예전의 권분과는 다르다.

중국의 권분의 법은 모두 쌀을 내어 팔기를 권하였고, 무료로 쌀을 나눠 주는 것은 원하지 않았다. 골고루 나눠 주기를 권했으며 상

납하는것은 권하지 않았는데 모두 솔선하여 몸으로 직접하였고 말로만 하지 않았다. 권분하는 사람에게 상을 주어 장려하였지 위협으로 하지 않았다. 그러나 지금의 권분이란 지극히 그 예를 벗어나고 있다.

우리나라 권분의 법은 백성들로 하여금 곡식을 바치게 해 모아서 만민에게 나누어 주는 것이니 비록 옛날의 법과는 다르지만 이미 관례가 이루어졌다.

재난 구제에 공이 큰 사람에게 찰방이나 별좌 등 낮은 벼슬로 공을 대신 갚아 줌은 고사에 있으며 그러한 사실은 나라 역사에도 실려 있다. 부유한 집을 가리려면 3등급으로 나누고 3등급 안에서도 또한 각각 세밀하게 나누어야 한다.

향리에서 덕망 있는 사람을 뽑아 날을 정하여 모두 불러서 서로 의논하도록 하고 선택된 집을 부유한 집으로 정한다. 권분은 스스로 나누는 것을 권함이니 스스로 나눔을 장려한다면 관의 부담을 크게 덜어 주게 될 것이다.

권분하는 명령이 내리면 부유한 백성은 물고기처럼 놀라고 가난한 선비는 파리처럼 모여들 것이니 기밀을 삼가지 않는다면 그 은덕을 욕심내어 자기 것으로만 삼으려는 자가 있을 것이다. 굶주린 사람의 입속 재물을 도둑질하면 그 소문이 변방에까지 들리고 재앙이 자손에게까지 미칠 것이니 도둑질할 생각이 절대로 마음속에서 싹트게 해서는 안 될 것이다.

남쪽 지방 여러 절에 혹 부유한 중이 있으면 권하여 그 곡식으로 산간 지방을 구제하고 세속에 인연이 닿는 친족들에게 어짊을 베풀도록 권하게 하는 것도 또한 마땅히 해야 할 일이다.

*권분(勸分): 흉년에 부자들에게 곡식을 거두어 가난한 이를 구제하던 일.

*권조(勸糶): 쌀을 팔기를 권함.

*권희(勸餼): 무상으로 쌀 내놓기를 권함.

*찰방(察訪): 각 역을 맡은 관리.

* 별좌(別坐): 정. 종 5품 벼슬.

*돈소(敦召): 친절하게 부름. *駭 -놀랄 해.

*승영(蠅營): 파리 떼처럼 몰려옴.

*탐천(貪天): 큰 욕심.

*기문지중(飢吻之中): 굶주린 사람의 입에 문 음식. *吻 -입술 문.

*묘예(苗裔): 먼 후대의 자손.

제3조 규모(規模)_ 사랑의 정을 발휘

賑有二觀　一曰及期　一曰有模　救焚拯溺　其可以玩機乎

진유이관이니 일왈급기요 일왈유모라 구분증닉을 기하이완기호아?

馭衆平物　其可以無模乎

어중평물에 기가이무모호아?

若夫賑糶之法　國典所無　縣令有私糴之米　亦可行也

약부진조지법은 국전소무이나 현령유사적지미라면 역가행야니라.

其設賑場　小縣宜止一二處　大州須至十餘處　乃古法也

기설진장에는 소현의지일이처요 대주수지십여처이니 내고법야며

仁人之爲賑也　哀之而已

인인지위진야는 애지이이니라.

自他流者　受之　自我流者　留之　無此疆爾界也

자타유자는 수지하고 자아유자는 유지하여 무차강이계야니라.

今之流民　往無所歸　唯宜惻怛　勸諭俾勿輕動

금지유민은 왕무소귀이니 유의측단하고 권유비물경동이니라.

其分糶分餼之法　宜博考古典　取爲楷式　乃選飢口

기분요분기지법은 의박고고전하여 취위개식하며내선기구하여

分爲三等　其上等　又分爲三級　中等下等　各爲一級

분위삼등하며 기상등은 우분위삼급하고 중등하등은 각위일급이니라.

흉년에 구제하는 방법에는 두 가지 관점이 있으니 첫 번째는 시기를 맞추는 것이요, 두 번째는 본보기를 정하는 일이다. 불 타는 곳에서 구하고 물에 빠진 사람을 건지는데 시와 때를 살필 수 있겠는가? 대중을 부리고 물건을 평등하게 하는데 어찌 규모가 없을 수 있겠는가? 구제곡을 거저 주는 것에 관한 법은 국전에도 없는 것이나 현령이 사사로이 사들인 쌀이 있다면 행하는 것이 좋다. 굶주린 사람을 구제하는 장소인 진장을 설치하는 데에는 작은 고을은 마땅히 한두 곳에 그칠 것이요, 큰 고을은 모름지기 십여 군데에 이를 것이니 이는 바로 옛날부터 내려온 법도이다. 어진 사람이 진휼하는 것은 불쌍히 여길 따름이며 다른 의도가 있는 것이 아니다.

다른 곳으로부터 흘러들어 오는 자들은 받아들이고, 내 고장을 떠나려 하는 자는 만류하여 내 고장 네 고장의 구별이 없도록 도와야 한다. 지금의 유랑민은 떠나가도 머무를 곳이 없으니 오직 불쌍히 여기고 권유해서 가볍게 움직이지 말도록 해야 할 것이다.

돈을 받고 곡식을 나누어 주거나 구호미를 무상으로 나누어 주는 법은 마땅히 널리 고전을 상고하여 법식으로 삼을 것이다.

굶주리는 사람을 추려서 세 등급으로 나누고, 그 상등은 또다시 세 등급으로 나누고 중등과 하등은 각각 한 급씩을 만들어 구제한다.

*구분증닉(救焚拯溺): 불 속에서 사람을 구하고, 물에 빠진 사람을 건져냄.

*어중평물(馭衆平物): 대중을 거느리고 물자를 고름.

*진장(賑場): 가난한 사람을 구제하는 장소.

*자타유자(自他流者): 다른 지방에서 떠돌이로 들어온 자.

*자아유자(自我流者): 내 고장에서 다른 고장으로 떠도는 자.

제4조 설시(設施)_ 구호시설의 확충

乃設賑廳　乃置監吏　乃具錡釜　乃具鹽醬海帶乾鰕

내설진청하고 내치감리하며 내구기부나 내구염장해대건하하고

乃簸穀粟　以知實數　乃算飢口　以定實數

내파곡속하여 이지실수하고 내산기구하여 이정실수하라.

乃作賑牌　乃作賑印　乃作賑旗　乃作賑斗

내작진패하고 내작진인하며 내작진기하고 내작진두하며

乃作閽牌　乃修賑曆

내작혼패하고 내수진력이니라.

小寒前十日　書賑濟條例及賑曆一部　頒于諸鄉

소한전십일에 서진제조례급진력일부하여 반우제향하고

小寒之日　牧夙興詣牌殿瞻禮　仍詣賑場　饋粥頒餼.

소한지일에 목숙흥예패전첨례하고 잉예진장하여 궤죽반희니라.

立春之日　改曆修牌　大展其規　驚蟄之日　頒其貸

입춘지일에는 개력수패하여 대전기규하고 경칩지일에는 반기대하고

春分之日　頒其出租

춘분지일에는 반기출조하라.

清明之日　頒其貸　流乞者　天下之窮民而無告者也

청명지일에는 반기대니라. 유걸자는 천하지궁민이무고자야니라.

仁牧之所盡心　不可忽也
인목지소진심하며 불가홀야니라.

死亡之簿　平民飢民　各爲一部　饑饉之年
사망지부는 평민기민을 각위일부하라. 기근지년에는

必有癘疫　其救療之方　收瘞之政　益宜盡心
필유여역하나니 기구료지방과 수예지정을 익의진심이니라.

嬰孩遺棄者　養之爲子女　童稺流離者　養之爲奴婢
영해유기자는 양지위자녀하며 동치유리자는 양지위노비하되

並宜申明國法　曉諭上戶
병의신명국법하여 효유상호니라.

구제하는 관청을 설치하고 감독 관리를 두며 큰 가마솥을 마련하고, 소금. 간장. 미역. 마른 새우 등을 갖추어 놓아야 한다. 알곡식을 까불러서 그 실제 수량을 알아보고, 굶주린 인구를 헤아려서 구제할 실제 숫자를 정한다. 진휼을 받는 증서인 목패를 만들고 진휼하는 일에 찍는 도장을 만들며, 진휼을 받는 조직의 기를 만들고, 진휼용으로 쓰이는 말과 되를 만들며, 죽을 쒀 기민들을 먹이는 곳을 출입하는 출입증인 혼패를 만들고, 진휼에 관한 장부 등을 만든다.

소한 열흘 전에 진제 조례와 진력 한 부씩을 만들어서 모든 향리에 나누어 준다.

소한 날에 목민관은 일찍 일어나 왕의 위패를 모셔 놓은 전각에 나아가 첨례를 행하고 진장으로 나아가 죽을 먹이고, 구제미를 나누어 준다.

입춘 날에는 진력을 고치고, 진패를 정리하여 그 규모를 넓히고, 경칩 날에는 식량용 대곡을 나누어 주고, 춘분날에는 조미를 나누어 준다.

청명 날에는 종자 대곡을 나눠 주고, 떠돌아다니며 걸식하는 자는 천하의 궁핍한 백성으로 호소할 데가 없는 자이니 어진 목민관이라면 마음을 다해 도움을 주도록 힘을 기울여야 하며 소홀히 해서는 안 된다. 죽은 자의 명부는 평민과 굶주려 죽은 자를 가려 각각 한 부씩 만든다.

기근이 든 해에는 반드시 전염병이 유행하니 그 구제하고 치료하는 방법과 거두어 묻는 일에 마땅히 마음을 써야 한다.

갓난아이를 버리면 거둬 길러 자녀로 삼고, 떠돌아다니는 어린아이를 길러 노비로 삼되 이것은 모두 국법에 있음을 밝혀 상전의 집에 분명하게 깨우쳐 알려줌이 좋을 것이다.

*기부(錡釜): 가마솥 .

*염장(鹽醬): 소금과 간장.

*해대(海帶): 다시마, 미역.

*건하(乾鰕): 마른 새우.

*簸 -키질할 파.

*진패(賑牌), 진인(賑印): 구제를 받을 수 있는 패 또는 도장.

*진두(賑斗): 구제곡을 나누어 주는 되나 말.

*진력(賑曆): 구제 기록에 관한 달력.

*소한(小寒): 24절기 중 하나. 대략 음력 11월 말경.

*숙흥(夙興): 아침 일찍 일어남.

*패전(牌殿): 궁궐을 상징하는 패를 모신 곳.

*여역(癘疫): 전염병.

*영해(嬰孩): 어린 아기.

*동치(童穉): 어린이.

*효유(曉諭): 분명하게 타이름.

제5조 보력(補力)_ 힘을 보태라

歲事旣判　宜飭水田代爲旱田　旱播他穀　及秋申勸種麥
세사기판이면 의칙수전대위한전하여 한파타곡하고 급추신권종맥이니라.

春日旣長　可興工役　公廨頹圮　須修營者　宜於此時補葺
춘일기장이면 가흥공역이니 공해퇴비어든 수수영자는 의어차시보즙이니라.

救荒之草　可補民食者　宜選佳品　令學宮諸儒
구황지초로 가보민식자는 의선가품하여 영학궁제유로

抄取數種　使各傳聞
초취수종하여 사각전문이니라.

凶年除盜之政　在所致力　不可忽也　得情則哀　不可殺也
흉년제도지정에 재소치력하여 가불홀야니라. 득정즉애하여 불가살야니라.

飢民放火者　宜亦嚴禁
기민방화자는 의역엄금하라.

糜穀　莫如酒醴　酒禁未可已也
미곡은 막여주례이니 주금미가이야니라.

薄征己責　先王之法也　冬而收糧　春而收稅
박정기책은 **선왕지법야**니 **동이수량**하고 **춘이수세**와

乃民庫雜徭　邸吏私債　悉從寬緩　不可催督
내민고잡요와 **저리사채**는 **실종관완**하며 **불가최독**이니라.

농사가 흉작으로 판정됐거든 마땅히 단단히 타일러 논을 엎어 밭을 만들도록 하여 밭 곡식을 심도록 하고, 가을이 되면 보리를 심을 것을 거듭 권장한다. 봄철 해가 길어지면 공사를 시작해야 하며 관아의 청사가 퇴락해 수선해야 할 것은 마땅히 이때 보수해야 한다.

흉년을 넘길 수 있는 풀로 백성들의 식량에 보충할 수 있는 것은 마땅히 좋은 것을 골라 향교의 여러 유생들로 하여금 몇 가지 종류를 고르게 하여 백성 각자에게 알리게 한다. 흉년에 도둑을 없애는 정책에 힘을 다해야 하며 소홀히 해서는 안 된다.

다만 그 실정을 알고 보면 불쌍해서 죽일 수는 없을 것이다.

굶주린 백성들이 원이 맺혀 불을 지르는 수가 있는데 이는 마땅히 엄금해야 할 것이다.

곡식을 소모하는 것 중에서 술과 단술보다 더한 것이 없으니 술을 금하도록 할 것이다.

세금을 적게 하고 공채를 탕감해 주는 것은 선왕의 법이다. 겨울에 곡식을 거두어들이고 봄에 세금을 거두는 일과 백성들을 위해 지을 창고의 잡다한 부역이나 관에서 빌린 사채는 모두 늦추어 주어야 하며 심하게 독촉해서는 안 된다.

*공해(公廨): 관사. *퇴비(頹圮): 낡거나 무너짐.

*보즙(補葺): 보수하고 수리함.

*구황지초(救荒之草): 흉년에 식량이 될 만한 나물이나 풀.

*가품(佳品): 품질이 좋음.

*전문(傳聞): 돌아가며 전해 줌. *주례(酒醴): 술과 단술.

*주금(酒禁): 술을 법으로 금함.

*박정기책(薄征已責): 세금을 가볍게 하고, 공채를 감해 줌.

*잡요(雜徭): 잡다한 부역.

*관완(寬緩): 너그럽게 천천히.

*최독(催督): 독촉함.

賑事將畢　點檢始終　所犯罪過　一一省察
진사장필은 점검시종하고 소범죄과를 일일성찰하고

自備之穀　將報上司　自查情實　毋敢虛張
자비지곡을 장보상사는 자사정실하여 무감허장하라.

善與不善　其功其罪　詳觀法令　斯可以自知矣
선여불선과 기공기죄는 상관법령하면 사가이자지의니라.

芒種之日　旣罷賑場　乃設罷賑之宴　不用妓樂
망종지일에 기파진장이면 내설파진지연하되 불용기악이니라.

是日　論功行賞　厥明日修簿報司
시일에 논공행상하고 궐명일수부보사하라.

大饑之餘　民之綿綴　如大病之餘　元氣未復
대기지여하여 민지면철이 여대병지여에 원기미복이니

撫綏安集　不可忽也
무수안집을 불가홀야니라.

구제하는 일이 끝나 갈 때에는 시작과 끝을 점검하고 혹시 과오가 없었는가를 하나하나 살펴야 한다. 비축한 곡식을 상사에게 보고하려 할 때에는 스스로 실정을 살펴서 감히 허위 장부를 기록해서는 안 된다. 잘잘못이나 공과 과실은 법령을 자세히 살펴보면 스스로 알 수 있을 것이다.

망종날에 이미 진장을 파했으면 곧 파진하는 잔치를 베풀되 수고로움을 달래는 잔치이므로 기생이나 음악은 쓰지 않는다. 이날에 공이 있는 사람에게 상을 주고, 그 이튿날에는 장부를 정리하여 상사에 보고해야 한다.

크게 기근이 든 해에는 백성들의 초췌함이 중병을 치른 뒤에 원기를 회복하지 못한 것과 같으니 어루만져 안정시키는 일을 소홀히 해서는 안 된다.

*무수안집(撫綏安集): 편안하도록 어루만져주고 편히 모여 살게함.

제12장
해관육조(解官六條)

제1조 체대(遞代)_벼슬 교대

官必有遞　遞而不驚　失而不戀　民斯敬之矣
관필유체이니 체이불경하고 실이불연이면 민사경지의라.

棄官如蹝　古之義也　旣遞而悲　不亦羞乎
기관여사가 고지의야며 기체이비하면 불역차호아?

治簿有素　明日遂行　淸士之風也　勘簿廉明
치부유소하여 명일수행은 청사지풍야이며 감부염명하여

俾無後患　智士之行也
비무후환은 지사지행야니라.

父老相送　飮餞于郊　如嬰失母　情見于辭
부로상송하면 음전우교인데 여잉실모하여 정견우사는

亦人世之至榮也
역인세지지영야니라.

歸路遘頑　受其叱罵　惡聲遠播　此人世之至辱也
귀로구완하여 수기질매하며 악성원파면 차인세지지욕야니라.

벼슬은 반드시 임기가 끝나게 마련이다. 설혹 갈리더라도 놀라지 말며 퇴직에 연연하지 않으면 백성들이 공경하며 겸손하게 섬길 것이다. 벼슬을 헌 짚신처럼 버리는 것이 옛 선비의 도리이며 교체되었다 해서 서운해 한다면 부끄러운 일이 아니겠는가? 평소에 임무에 필요했던 문서와 장부를 잘 정리해 두어서 그 이튿날 떠나가는 것은 맑은 선비의 풍모이며 문서와 장부를 마감한 것이 청렴하고 분명해서 후환이 없게 하는 것은 지혜 있는 선비의 결실인 것이다.

나이가 많은 노인들이 모여 교외에서 연회를 베풀어 전송하는 데 그동안의 치적을 칭송하며 어린아이가 어머니를 잃은 것같이 하여 정으로 인사하는 것은 인간 세상의 지극한 영광된 일인 것이다. 만약 돌아가는 길에 성질이 억세게 고약스럽고 모진 백성을 만나 그동안의 치적에 대하여 꾸짖음과 욕을 퍼붓는 악한 소리가 멀리멀리에 퍼진다면 이 또한 인간 세상의 지극한 치욕인 것이다.

*체대(遞代): 벼슬이 바뀜.

*치부유소(治簿有素): 평시에 장부를 정리해 둠.

*염명(廉明): 청렴하고 맑음.

*음전(飮餞): 술을 대접하여 전송함.

*餞 -전송할 전.

*여영실모(如嬰失母): 어린애가 어머니를 잃은 것 같음.

*頑 -사나울 완. *叱 -꾸짖을 질. *罵 -꾸짖을 매.

제2조 귀장(歸裝)_ 돌아가는 행장

淸士歸裝　脫然瀟灑　弊車羸馬　其淸飈襲人
청사귀장은 탈연소쇄하여 폐거이마라도 기청표습인하며

笥籠無新造之器　珠帛無土産之物　淸士之裝也
사롱무신조지기하고 주백무토산지물이면 정사지장야니라.

若夫投淵擲火　暴殄天物　以自鳴其廉潔者　斯又不合於
약부투연척화하며 폭진천물하여 아자명기염결자는 사우불합어

天理也
천리야니라.

歸而無物　淸素如昔　上也　設爲方便　以贍宗族　次也
귀이무물하고 청소여석이 상야요 설위방편하여 이섬종족이 차야니라.

맑고 깨끗한 선비의 퇴임 행장은 초연하여 낡은 수레와 여윈 말일지언정 소슬한 바람이 옷깃에 스미며 상자와 채롱에 새로 만든 그릇이 없고 구슬과 비단 등 토산물이 없다면 맑은 선비의 행장이라 할 수 있다.

그러나 물건을 연못에 던지고 불에 집어넣으며 하늘이 준 물건을 천대시하고 없애 버려서 지나치게 청렴하고 깨끗함을 드러내려고 하는 것은 도리어 하늘의 이치에 맞지 않는 것이다. 집에 돌아온

후에도 새로 마련해 온 물건이 없고 예전과 같이 검약한 것이 으뜸이요, 쉽고 편리한 수단을 베풀어서 일가들을 넉넉하게 돕는 것이 그다음이다.

*귀장(歸裝): 돌아가는 행장.

*소쇄(瀟灑): 시원하고 깨끗함.

*瀟-시원할 소. *灑-깨끗할 쇄. *羸-파리할 리.

*飈-맑은 바람 표.

*사롱(笥籠): 상자와 채롱.

*주백(珠帛): 구슬과 비단.

*투연척화(投淵擲火): 연못에 던지고 불에 넣음.

제3조 원류(願留)_ 유임을 바라다

惜去之切　遮道願留　流輝史冊　以照後世

석거지절하며 차도원유는 유휘사책하고 이조후세인데

非聲貌之　所能爲也

비성모지로 소능위야니라.

奔赴闕下　乞其借留　因而許之　以順民情

분부궐하하여 걸기차류어든 인이허지로 이순민정이면

此古勸善之　大柄也

차고권선지는 대병야니라.

聲名所達　或隣郡乞借　或二邑相爭　此賢牧之光價也

성명소달하여 혹인군걸차하고 혹이읍상쟁이면 차현목지광가야니라.

或久任以相安　或旣老而勉留　唯民是循　不爲法拘

혹구임이상안이거나 혹기노이면류하여 유민시순하며 불위법구도

治世之事也　因民愛慕以其聲績　得再莅斯邦　亦史冊之光

치세지사야며 인민애모이기성적으로 득재이사방도 역사책지광

也

야니라.

其遭喪而歸者　猶有因民不舍　或起復而還任　或畢喪而復

기조상이귀자를 유유인민불사하면 혹기복이환임하고혹필상이복

除 陰與吏謀 誘動奸民 使之詣闕而乞留者 欺君罔上
제하며 음여이모하여 유동간민하여 사지예궐이걸류자는 기군망상이니

厥罪甚大
궐죄심대니라.

석별이 아쉬워 길을 막으며 유임을 원하는 것은 역사에 빛을 떨치며 후세 사람들에게 희망을 밝혀주는 것인데 이것이 보통 명성만으로는 능히 할 수 없는 일이다. 백성들이 대궐까지 달려가서 그가 유임하기를 빌어 이를 허락받아 백성의 뜻에 따랐다면 이는 예전에 나라에서 선을 가르치는 큰 수단이었다. 명망이 높아 혹 이웃 고을에서 요구하고, 혹은 다른 두 고을에서 다투며 서로 모실 것을 청원한다면 이런 분은 어진 목민관의 영광스런 본보기이다.

임관이 오래되어 백성들과의 관계과 편안케 되었거나, 이미 늙었음에도 유임을 원하였을 경우에도 오직 백성들의 뜻을 잘 헤아리고 법에 구애되지 않는 것도 세상을 잘 다스리는 치적의 하나이다.

백성들이 그 명성과 행적을 아끼고 사모하여 그 고을에 재임하게 하였다면 이 또한 사책에 기록될 빛난 일이 될 것이다. 부모의 상을 당해서 본가로 돌아간 자를 백성들이 놓지 않으려 하면 상 중에도

임지로 나오게 해서 다시 임명시키기도 하고, 상을 끝내고 다시 제수되는 자도 있다. 그러나 아전과 함께 모의하여 간사한 백성을 유혹하고 움직여 대궐에 나아가 유임을 빌게 하는 자는 임금을 속이고 윗사람을 속이는 것이니 그 죄가 매우 큰 것이다.

*차도(遮道): 길을 막음.

*원류(願留): 유임하기를 원함.

*성모(聲貌): 말과 외모.

*분부(奔赴): 급하게 달려감.

*차류(借留): 유임하여 주기를 빎.

*광가(光價): 빛나는 좋은 평가.

*면류(勉留): 억지로 유임시킴.

*법구(法拘): 법에 구애됨.

*재리(再莅): 재임(再任). *莅 -나아갈 리.

*기복(起復): 부모의 상 중에 벼슬에 나감. 기복출사(起復出仕).

*유동(誘動): 꾀어 움직이게 함.

*예궐(詣闕): 대궐에 들어감. 입궐(入闕).

*기군망상(欺君罔上): 임금과 윗사람을 속임.

제4조 걸유(乞宥)_ 구명을 호소하다

文法所坐　黎民哀之　　相率籲天　　冀宥其罪者
문법소좌를 여민애지하여 상솔유천하며 기유기죄자는

前古之善俗也
전고지선속야니라.

법률에 저촉된 자를 백성들이 불쌍히 여겨 서로 임금께 호소하며 그 죄를 용서해 주기를 바라는 것은 오랜 옛날부터 전해 오는 아름다운 풍속이다.

*걸유(乞宥): 용서를 빎.　*宥 –용서할 유.

*문법(文法): 법조문.

*상솔유천(相率籲天): 서로 이끌고 가서 대궐에 호소함.

*籲 –호소할 유.

제5조 은졸(隱卒)_ 임소에서 죽다

在官身沒而淸芬益烈　吏民愛悼　攀輀號挑
재관신몰이청분익렬하며 이민애도하고 반이호도하여

旣久而不能忘者　賢牧之有終也
기구이불능망자는 현목지유종야니라.

寢疾旣病　宜卽遷居　不可考終于政堂　以爲人厭惡
침질기병이면 의즉천거하며 불가고종우정당하여 이위인염오니라.

喪需之米　旣有公賜　民賻之錢　何必再受　遺令可矣
상수지미는 기유공사니 민부지전을 하필재수리오. 유령가의리라.

治聲旣轟　常有異聞　爲人所誦
치성기굉하여 상유이문이면 위인소송이니라 .

부임 중에 임종하여 맑은 덕행이 더욱 빛나 아전과 백성이 슬퍼하고 상여를 붙잡고 부르짖으며 울며 오래되어도 잊지 못하는 것은 어진 목민관의 유종의 미이다. 오랜 병으로 누워 있게 되면 마땅히 곧 거처를 옮겨야 하며 정무를 집행하는 방에서 운명하여 다른 사람들에게 불편을 느끼게 하여서는 안 된다.

상에 소용되는 쌀은 이미 나라에서 주는 것이 있으니 백성이 부의하는 돈을 또 받아서 무엇에 쓰겠는가. 유언으로 못하도록 명령하는 것이 옳은 일이다. 백성을 잘 다스렸다는 명성이 널리 퍼져 언제나 특이한 소문이 떠돈다면 사람들은 그를 명관이라 칭송할 것이다.

*은졸(隱卒): 임금이 죽은 신하에게 애도(哀悼)를 표하는 일.

*청분(淸芬): 맑은 향기. 훌륭한 덕행.

*반이호도(攀輀號挑): 상여를 붙잡고, 통곡함. *輀 -상여 이.

*침질(寢疾): 오래 누운 병.

*고종(考終): 임종, 운명(殞命).

*상수(喪需): 장례에 드는 비용과 물자.

*공사(公賜): 공금으로 내려줌.

*민부(民賻): 백성들의 부조금.

*유령(遺令): 유언(遺言).

*치성(治聲): 잘 다스린다는 명성.

*이문(異問): 특이한 소문.

*轟 -큰 소리 굉.

제6조 유애(遺愛)_ 사랑을 남기다

既沒而思 廟而詞之 則其遺愛 可知矣

기몰이사하여 묘이사지하면 즉기유애는 가지의니라.

生而詞之 非禮也 愚民爲之 相沿而爲俗也

생이사지는 비예야니라. 우민위지하여 상연이위속야니라.

刻石頌德 以示悠遠 則所謂善政碑也

각석송덕하여 이시유원은 즉소위선정비야니

內省不愧 斯爲難矣 木碑頌惠 有誦有諂

내성불괴가 사위난의니라. 목비송혜는 유송유첨하니

隨卽去之 卽行嚴禁 則毋低乎恥辱矣

수즉거지하고 즉행엄금하여 즉무지호취욕의니라.

既去而思 樹木猶爲人愛惜者 甘棠之遺也

기거이사하여 수목유위인애석자는 감당지유야니라.

愛之不諼 爰取喉姓 以名其子者 所謂民情大可見也

애지불훤하여 원취후성하여 이명기자자는 소위민정대가견야니라.

既去之久 再過玆邦 遺黎歡迎 壺簞滿前 亦僕御有光

기거지구인데 재과자방이면 유려환영하여 호단만전도 역복어유광이니라.

與人之誦 久而不已 其爲政 可知已
여인지송이 구이불이라면 기위정을 가지이니라.

居無赫譽 去而後思 其唯不伐而陰善之乎
거무혁예이나 거이후사는 기유불벌이음선지호리라.

仁人所適 從者如市 歸而有隨 德之驗也
인인소적은 종자여시하고 귀이유수면 독지험야니라.

若夫毁譽之眞 善惡之判 必待君子之言 以爲公案
약부훼예지진과 선악지판은 필대군자지언하여 이위공안이니라.

죽은 뒤에 살아 생전의 일을 생각하여 사당을 세워 제사를 지낸다면 그 남긴 사랑은 짐작할 수 있을 것이다.

살아 있을 때 사당을 세워 제사를 지내는 것은 예가 아님에도 어리석은 백성들이 이를 행하여 서로 본받아 한 풍속이 되었다.

돌에 덕을 새겨 덕망을 칭송하여 영원히 본보기가 되게 하는 것을 선정비라 한다. 그러나 허위로 작성된 글이 대부분이므로 마음속으로 반성하여 부끄럽지 않기가 어려운 것이다. 목비로 은혜를 칭송하는 것 중에는 찬양하는 것도 있고 아첨하는 것도 있으니 세우는 대로 곧 없애 버리고 엄금해서 치욕에 이르지 말게 하여야 한다.

이미 고을을 떠나간 뒤에도 그가 거닐던 나무 그늘까지 사람들이 사랑하고 아끼는 바가 되는 것은 옛날 중국 고사에 따른 유풍인 것이다. 그리운 마음을 잊지 못하여 수령의 성을 따서 그 아들의 이름을 짓는 것은 이른바 백성의 생활에서 적지 않게 볼 수 있는 것이다. 떠나간 지가 오래되었는데 다시 그 고을을 지나게 되면 백성들이 반갑게 맞아서 물병과 음식이 앞에 가득하면 말 시중꾼에게도 보람의 빛이 되는 것이다. 많은 사람들의 칭송하는 소리가 오래도록 그치지 않는다면 그가 행한 정사가 어떠했었는가를 짐작할 수 있을 것이다.

부임했을 때에는 혁혁한 명예가 없었으나 떠나간 뒤에 기억하게 되는 것은 오직 공명에 얽매이지 않고 남몰래 선정을 베푼 자일 것이다. 어진 사람이 가는 곳에는 따르는 사람들이 저자와 같고 돌아올 때에도 따르는 자가 있는 것은 덕의 징표인 것이다. 무릇 비방과 명예의 참됨. 선악의 판별은 반드시 군자의 말을 거울 삼아 공정한 판단을 내려야 할 것이다.

*묘이사지(廟而祠之): 사당을 세워 제사를 지냄.

*유애(遺愛): 사랑을 남김.

*상연(相沿): 서로 이어받아 시행함.

*생이사지(生而祠之): 살아 있는 사람의 사당을 세워 제사를 지냄.

*선정비(善政碑): 훌륭히 치정을 한 사람을 칭송하기 위해 세운 공덕비.

*위인애석(爲人愛惜): 사람들의 사랑과 아낌을 받음.

*감당(甘棠): 밭배나무 -주나라 소공(召公)이 배나무 아래에서 송사를 잘 처리해 그가 떠난 뒤에도 마을 사람들이 배나무를 잘 가꾸고 보전하였다는 고사에서 따온 말.

*불훤(不諼): 잊지 못함.

*후성(侯姓): 수령의 성(姓).

*혁예(赫譽): 빛나는 명예.

*불벌(不伐): 자랑하지 않음.

*음선(陰善): 남모르는 선행.

*공안(公案): 여러 사람의 공통적인 안.

다산(茶山) 정약용(丁若鏞)

1762년(영조38)-1836년(헌종2)

8대 옥당(玉堂)의 명문가인 경기도 광주시 초부면 마재에서 진주목사(晋州牧使) 정재원(丁載遠)과 해남 윤씨 사이의 4남 2녀 중 4남으로 태어남.

반계 유형원, 성호 이익을 잇는 조선후기 실학의 집대성자.

저서 -『경세유표』(經世遺表),『목민심서』(牧民心書),『흠흠신서』(欽欽新書)),『여유당전서』(與猶堂全書) 등 500여 권 저술.

다산이 주장하는 실학(實學) 세계의 시작은 경세치용(經世致用), 이용후생(利用厚生) 등 실사구시(實事求是)의 이념을 주장하면서 유학, 성리학의 공리공론성(空理空論性)을 배격하고 봉건제도(封建制度)의 각종 폐해를 개혁하려는 진보적인 사회개혁안(社會改革案)을 제시하였다. 그러나 그 후 다시 유학의 세계로 되돌아가 민족의식(民族意識)을 토대로 하는 자아각성(自我覺醒)과 근대화를 지향하는 비판정신(批判精神) 등을 내세우며 실학의 세계를 이어 나갔다. 또한 천주교에 입교하여 이벽, 이승훈 등에게서 서구의 선진 학문을 배우며 새로운 서구문화에 심취하기도 하였다.

정조(正祖)의 총애를 한 몸에 받으며 한강에 배다리(舟橋)를 놓기도 하고, 거중기(擧重機)를 만들어 수원성을 쌓기도 하였다. 그러나 왕의 갑작스런 서거 이후에는 당쟁에 휘말려 유배 생활로 일관하였는데 신유사옥((辛酉邪獄) 때 황사영백서(黃嗣永帛書)사건에 연류되어 18년 동안 강진 등에서 귀양살이를 하기도 하였다. 그러나 험난한 귀양살이 동안 서술한 책들이 우리 민족 문화의 소중한 자산이 되었으니 그나마 우리의 마음에 위안이 되고 남는다.

목민심서 (牧民心書)

다산(茶山) 정약용(丁若鏞)이 신유사옥(辛酉邪獄)으로 18년간 귀양살이를 하는 동안 쓰기 시작하여 귀양에서 풀려난 57세에 완성하였다. 목민관이 벼슬에 올라 벼슬을 마치기까지 마음에 담고 실행해야 할 지침서(指針書)로 부임(赴任), 율기(律己). 봉공(奉公), 애민(愛民), 이전(吏典), 호전(戶典), 예전(禮典). 병전(兵典), 형전(刑典), 공전(工典), 진황(賑荒), 해관(解官) 등 12장으로 크게 나누고, 각 장을 다시 6조씩으로 세분하여 모두 72조로 편성한 48권(한지20장-1권) 16책으로 된 필사본이다.

젊은 시절부터 진주목사(晋州牧使)로 있는 아버지 아래에서 목민관의 자세를 눈여겨 보아왔고, 예문관검열(藝文館檢閱), 사헌부지평(司憲府持平), 홍문관수찬(弘文館修撰), 사간원사간(司諫院司諫), 동부승지(同副承旨)·좌부승지(左副承旨), 곡산부사(谷山府使), 병조참지(兵曹參知), 부호군(副護軍), 형조참의(刑曹參議) 경기암행어사(京畿暗行御史) 등 벼슬을 두루 거치면서 몸으로 체험했던 관리의 경험을 살려 당시 정치 상황을 세밀히 분석, 목민관이 가져야 할 정신과 자세를 제시하고 있다. 그러나 이는 다만 지침서에 그치지 않고, 당시 정치

사회에 일어나고 있는 부정과 모순을 개혁하고 근대화로 나가고자 했던 민족의식을 바탕으로 한 자아각성, 비판정신 등 다산의 이상 세계가 그대로 드러난 실학사상의 결정판이라 할 수 있다.

목민심서를 엮으며

이제까지 많은 분들이 다산을 존경해 왔고, 목민심서 역시 여러 사람들에 의해 석해되어 세상에 알려지고 있다. 다만 석해자 대부분이 한문에 조예가 깊은 교수나 학자들이므로 글의 내용이 손상되지 않도록 번역에 치중하다 보니 직역의 경우가 많아 저자가 제시하려는 뜻이 얽히거나 생략되는 경우를 종종 볼 수가 있었다. 학교에서 문학 시간에 다산의 글을 많이 다뤄왔고, 소설을 쓰는 소설가의 입장에서 목민심서를 풀어 나가보면 어떨까. 이런 생각에서 목민심서 석해에 뛰어들었다. 하기사 당대의 철인이며 문장가이며 사상가인 다산의 진면목을 어찌 일부나마 드러내어 표현할 수 있을까. 그러나 거듭 반복하여 읽어보고, 앞뒤 좌우의 글들을 연관하여 저자의 정신세계를 헤아려 보는 동안 좀 더 폭이 넓은 해석이 필요하다는 생각이 들었다. 까닭에 본문에 흠이 되지 않게 마음을 쓰면서 이해하기 쉽도록 설명을 덧붙이거나 풀어 해석하였다.

그 무엇을 차치하더라도 목민심서의 해석은 나로서는 커다란 공부를 한 셈이 된다.

목민심서가 예나 지금이나 이후에라도 세상을 살아가는 사람들에게 감동을 주는 것은 다산의 맑고 깨끗한 정신과 옳고 곧은 사고에 있다고 본다.

목민심서에서 주를 이루는 단어는 청렴, 청빈, 용서, 사랑, 배려, 베품 들이다. 글을 읽다보면 단순한 지침서가 아니라 종교 서적을 대하는 느낌이다. 다산이 천주학을 공부하며 천주교 사상에 심취되었을 듯도 하지만 선천적인 박애 정신, 인간 존중 사상이 그의 내면 깊숙이 깔려 있음을 느낄 수 있다.

나라를 위해 공무에 열중하는 분들이나 앞으로 국가를 위해 봉사와 헌신할 분들, 그리고 사회 곳곳에서 맡은 일에 열중하고 계신 모든 분들, 그리고 미래를 짊어질 후학들에게 꼭 권하고 싶은 지침서이다.

해석자 안문길

안문길(安文吉)

소설가. 가야사 연구가

고려대학교 문과대학 국어 국문학과 졸업

충암고등학교 국어교사 역임

한국문인협회 회원

한국소설가 협회 감사

천주교 서울 대교구 평신도 사도직 협의회 기획분과 위원

- 작품 -

〈장편〉

소설 훈민정음. 소설 공무도하가

왕오천축기. 대가야. 다라국 옥전여왕

어린이를 위한 용비어천가

현인들의 형이 중학.

6.25 실증실화

〈단편집〉

오뚝이 신화, 새세향 프로젝트

춤 빛 그리고 꿈

〈수필집〉

아름다운 시절

〈위인전〉

앙리 뒤낭

목민심서 저술 200주년 기념판

다시 읽는 목민심서

초판 1쇄 인쇄 / 2018년 4월 20일
초판 2쇄 인쇄 / 2018년 8월 20일
지은이 / 정약용
해석자 / 안문길
펴낸이 / 안옥순
펴낸곳 / 비채의서재
편집·디자인 / 디자인오감
출판등록 / 제 2016-000110호
주소 / 서울시 강남구 테헤란로 52길 6 테헤란오피스빌딩 14층 1404호
전화 / 070-7726-6241
팩스 / (02)2292-0599
E-mail / bichaestudy@naver.com

ISBN 979-11-958503-0-3 03810